旅・一杯のコーヒー風景から

Kawakami Asuo
川上明日夫

澪標

旅・一杯のコーヒー風景から　＊　目次

装幀　森本良成

I

旅と珈琲のある風景

コーヒー巡り年初め

喫茶店の片隅で、コーヒーを飲んでいると、いつもふっと想《おも》い出す詩の一行がある。イギリスの詩人T・S・エリオットの「J・アルフレッド・ブルフロックの恋歌」という、鮎川信夫の長い詩の中の一節である。

なぜなら、僕はもうすっかり知っている――すっかり知っている
夕方も、朝も、午後も知っている。
僕はコーヒーの匙《さじ》で自分の人生をはかりつくした
僕は遠い部屋からの音楽にかき消されて、消えゆく声たちを知っている
それなら、今さら力んで何になろう？

一杯のコーヒーが喉元《のど》を渡る。心地よいその香りが、苦さが私に呼びかける覚醒《かくせい》、私の場所。その訪《おとな》い。

私はコーヒーの匙で自分の人生を、果たして量りつくすことができるのだろうか、でき得るだろうか。むろん比喩ではあるが。

見えるもの見えないもの、小さな、白く薄いカップ一杯の人生。覗《のぞ》きこむと、ぐるぐると私の顔も回っている。ニヤリと笑うと、もう一人の私の顔も歪《ゆが》んで溶ける。

はてさて飲み干してしまえ自分の人生を。目をさしだせば、熱いものもいつかは冷める。想いも、寂しさも少しく哲学して、ゆっくりと思念がのぼってゆく。

バラード奏法で、フィニアズ・ニューボンのジャズピアノが流れている。一九四八年にサラ・ヴォーンが歌ってから一躍有名になった、ジャズのスタンダードナンバーの一つである。曲名は「ブラック・コーヒー」という。

私自身のための年初め。

秋草と駅

旅とは、異を立てる行為である。たんに異なった空間（土地）異なった歴史（時間）のなかへ入っていくだけではない。そこに異なった自分を立てるのである。自分に対して他者として自己措定するのである。

『旅のフォークロア』山田宗睦

地方に住んでいることの一番の良さは、何といっても、いつも身近に自然があるという事であろうか。郊外に出ることは従って風景に自然に抱かれるということ、あるいは呼吸することになる。村社会の退屈さや窮屈さもあいまって、そんな慣れも馴じみかたも、また居心地のいいものである。時間がゆったりと流れているからであろうか。そこでは田舎なりの匿名の個人になれる方法がある。

誰かのエッセイにあったが、都会生活の一番の良さは、あるいは不幸は、いつでも好きな時に好きな場所で一人になれることであると。村社会と違ってそこでは激しく揺れ動く渦があって、身をゆだねればいつでも匿名の個人になれる。自分のことなど誰も知らない空間の、少し疲れた世界の片隅のなかで、ひそやかに「自分自身の心」を遊ばせることができるからであるとあった。

地方にあっても、田舎にあっても自分自身を遊ばせる方法はある。そこには「時」と「場所」と「人間」がいつでも穏やかかな忘却のように流れていて自らを律し開放しているからである。渦ではないからだ。その自然のなかからの個人の解放は、何よりも風景のなかへ「心」を入れてゆくことである。自然もまた人間にとって大きな心の「器」なのである。

古いものの残る街はいい。古いものが景色になっている街や自然はいい。そこでは人間も景色に盛られた一服であるからだ。故郷とはふるさととは、また激しく名うつ心への味覚、心をつなぐ季節のなかの柔らかな美味しさだと想う。

北陸線の敦賀駅から汽車に乗った。今は電車というのだろうが、電車ではどうも旅の感じがしない。旅はやはり汽車がいい。記憶の片隅にあるそれはやはり「鈍行」、各駅停車である。この言葉ももう使われていないようだ。

「死語」がどうしてこんなに親しいのだろう。昔あった駅名の生きてある死後。「新保」という名の駅はもうない。長い北陸トンネルをくぐると「南今庄」である。山あいの細い峡谷に忘れられたようにある無人駅、車窓のむこうにはいまも見えない人達がひっそりと乗り降りしているような村がみえる。

柿の実の紅さが眼にいたい、去年の秋の実りよりも今年は深いようだ。あちこちに群生する薄の原のむこうにそれが細く連なっているのがみえる。晩秋に彩られた一服の華やかな秋寂である。薄はどこか白髪の老紳士の美しいたたずまいを醸す。自然がふかくうなだれている景色のむこう、さきほどの風も顔をあげて渡っていった。このトンネルができて消えた日本海をのぞむ「杉津」という名の駅。高い山上にあったそこから見える季節の夕陽と海の色が人生のあるときの一隅をかすかな潮風で照らしていたような遠い記憶のそれを忘れられない。

春夏秋冬、感情をひとつずつ止めて振り返り目の端に流れてゆくもの「駅」。小さなトンネルがきれぎれに連なり、峡谷の光と陰のまなざしからそっと外れていった風景。「かえる」という名の駅もあった。古い昔の北陸線。山間の淋しい村の灯りを分け入り、何処からきて何処へと人は帰るのか、帰っていったのだろうか。暮らしという名前のたもとへ。

旅は途上なのだ。人生も生から死への途上なのである。旅といえばとふっと思い出すが、〈帰れるから／旅は楽しいのであり／旅の寂しさを楽しめるのも／わが家にいつかは戻れるからである〉といった詩人もいたが。苦楽の彼方、放浪の俳人の句にも「風のトンネルをぬけてすぐ乞ひはじめる」「笠にとんぼをとまらせてあるく」「うしろすがたのしぐれてゆくか」等々の句が浮かぶ。そんな自然の秋の里山。／くぬぎ　いちょう　けやき　だけかんば／まっかに泣きはらした眼の底まで／びっしょりと／紅葉がきています／と詠った詩人もいたが。眼の感触と肌の感触が秋をふかく感じさせて風の匂いを運んでくれる。車窓を開ければその風をまた呼吸し、体感し景色の奥へふかく傾斜してゆくものがいる。自然のそれぞれが、ひとつひとつの役割を奏でる敬意。何処か人生は秋がいいと生命の盛衰の視線をしずかに交わしているものがいた。

有情にも色や艶がある。この短い旅にだって。「今庄」に止まる。北国街道の宿場。ほそい夕陽の往還を少しはずれて山峡の街をぬけたであろう一人旅の淋しさ。気楽さ。「そば」の花の香る宿。遠い日にこの駅にも立った。影がより添うように。人の好みの秋草がふかい。ガランとした造り酒屋の古いレンガのたたずまいにも、夕陽の影が長い。絵ハガキの中の淋しい宛名もそっともの思いにふける。自然の中の一瞬のためらいを溜めて「鈍行」という名の余情がみちている。人生も自然もそこでは柔らかく一体となってほどけてゆく生命のしぐさである。

季節のページをめくるように湯尾、鯖波、王子保、武生と各駅停車のそして「地方」という名の街へ、光の陰からそっと抜けだしては帰って行ったものがいる。

「鈍行」の詩を書きたいと痛切に想った。秋から冬にかけての名もない人生の「駅」を訪ねながら。そこでは自然という大きな心の「器」に、時と場所と人間を入れ、そっと点てたいと思った。

餘部駅から

地上、四十二メートル長さ三百二十メートル。そこに「餘部鉄橋」がある。橋脚の下は一瞬の吹きぬける風がまるで泣き声を挙げるように高く深く吹き抜けてゆく。晩秋のいまも横殴りの雨と風の悲鳴が、その橋の下の峪道をはしる。息せき切って走る。軽く葉の思いも届けよ、と一緒に舞い上がっている。

日本海にめんした海辺の入り江から覗いては、峪を跨ぐようにその橋がかけられてある。風が身もだえしてひゅうひゅうと鳴り止まぬ。ガラス越しの窓の向こう側からその音が雲を低くつれて、泣き声をあげるように、この谷の悲鳴のようにひびいてくる。窓のガラスも一瞬うすく震えるのである。

餘部は何もない町だ。国道が街をさいて南北に通っている。民家がひっそりと思い思いに山沿いに寄り添って立っている。通り過ぎる時を遡るように、窓の外の入り江に白く日本海の波が立っている。海鳥の声も高く低い。

さっきから私はチョット詩人の顔してこの喫茶店の片隅にいる。いま私は他所者《よそもの》である。こんな日にこんな風に一人、この見知らぬ街に離れ小島のようにいる。

山陰本線、浜坂駅から一つめ、海を前にした山の中にある小さな無人駅「餘部」。峪に架かる橋は鉄骨橋である。

明治四十四年の完成からゆうに百年近くたっているという。鋼材を組んだ鉄塔状の橋棚を並べたうえに橋桁を置いた「トレッスル式」という当時では珍しい斬新な方式を採用したものである。今、見てもとても美しいその姿勢《すがた》をもっていてまさにポストモダン。がこんな寒村にひっそりと佇んでいた。日本で唯一の鉄骨橋なのである。こんな裏日本の名もない街の風景としてひっそり呼吸していたのだ。早川暁の「夢千代日記」にこの餘部の鉄橋がでてくる。胎内被爆の症状をもつ主人公がこの橋を渡りふるさと湯村温泉の家に帰ってくる。都会生活に疲れあるいは人生にさまざま暗闇をもつ人々が、この世の歓楽の裏側でひっそり生きるその湯の街の暮らしと有情の様子。日本の現代史の片隅のそれこそ暗闇の一隅を照らしたこの映画は、白血病で余命三年を告げられた主人公の深い失意と悲しみと社会の裏側のそこに生きるものらの希望と人生の悲喜を、静かな叫び、そして哀歓をもそっと照らし出していて心に痛かった。

日本海の冬の海のとどろきと一緒にそこに暮らす人たちの寂しさ、悲鳴が喜びや悲しみと共にこの餘部の鉄橋を渡っていった。その橋を見たかったのである。私の思いを連れて。幾たびかの深い時代の心の余韻が橋を渡る。この世の彼方。此岸と彼岸を象徴的に渡すものの哀れを連れてこの一本の橋がそこにあったのである。

高度成長と賑わう時代の片隅に取り残された山陰の名もない小さな温泉街。そこに生きるそれこそ名も無い人達の心の吐息。若くして死に慕われるその失意の主人公が、その時々に口の端に乗せる、歌人前田純孝の句もまた深く、心に沁みて忘れ難かった。

ただひとり寂しき国にのこされて小指かみても染むる名のなき

何者かに追ひくるけはいあしおとは枕にせまるいよいよまちます

明星の与謝野鉄幹に「東の啄木西の純孝」といわしめ、将来を嘱望された夭折の歌人前田純孝もこの地方の出身であると言う。三十一歳であった。

早坂暁の原作脚本。音楽は武満徹。主演吉永小百合の「夢千代日記」このドラマを深く分け入り、旅に誘われ晩秋の湯村温泉へ行った。「餘部」に行ってみたかったのである。ただそれだけの理由であった。

風がこの峪を渡るさまを見たいと思った。風が鉄橋に激突して上げる悲鳴を聞きたいと思った。聴けた。風がその人の思いに胸を借りるその痛みの様。人間の悲鳴を架ける橋がそこにあった。寂しい詩人の真似して生きている私が渡った。見えたのか見えなかったのか彼岸と此岸。この橋はいまはもうそこにない。新しい架橋工事がすでに始まっていた。美しい彼方へと誘うものはない。

「風は言葉では語れないことをめぐる体験である」とは米の博物学者ライアル・ワトソンの言葉であったと思うが、その後どのような時代の風が吹いていったのだろうか。この橋を。

監督は浦山桐郎（一九八五年）の東映映画作品にもある。

映画という魔を旅する

「鈍行列車」のような映画をみたい。二十世紀の終りに「急行」あるいは「特急」の映画より鈍行の映画をみたいと書いた。心情を告白した。リアルタイムの情報化メディアがこんなにも氾濫し交錯している時代にあって、IT革命の元にさらにこの列車は加速されるようである。

SF映画は「夢」のようなものであった。そこでは叶えられない願望や希望がすべてスクリーンを通して想像力という名の感性のシネマ館で叶えられた。SFの魅力は絵空事の面白さそのものであったからである。それは異次元へ誘ってくれる不思議なパワーを瞬間に共有できる心安らぐ楽しさでもあった。それは何日でも何処でもいついかなる時でも手の平に私有できるものであったからだ。もうそれも懐かしいものになってしまった。

SF、それ自体がリアルタイムで絵空事でなくなってしまったからである。科学が、人類のあくなき知の探求が欲望の答のそれであるようであった。人間性の喪失とは。時を置かずに人類の「夢」が進歩、あるいは進化という名の元で即、叶えられてしまう「速さ」とは何であろう。

「速さ」が考える「間」をあるいは「魔」を何処かへ押しやってしまったようであった二十世紀。

そしてこれから。

絵空事を楽しめない人生なんて、と思う。「刻」をこんなにゆっくり消費できない時代がきているなんてと思う。「刻」を上手に浪費していた時代の映画が懐かしい。そこには人間の感情と手を繋いで連れ沿っていた「間」があった、もっともっと「魔」を、とも言った時代があったのだ。めくらましと云う言葉は映画の宇宙の楽しい出来事のひとつでもあった。「刻」は魔を連れて、間に流れていた時代であった。例えば、人間とは人と人とのあいだと云うように。人は人とのもたれあう関係から始まる。感情にそれはいつでも連れ沿って間にあう友達であったのだ。考える魔を連れ沿って映画を好きになった。

「映画」の始まりであった幻燈、影絵は、カソリック・プロテスタントの宗教争いのとき、教義を説くために天使や悪魔の影像を映してみせ、具体的な説得力の手段として使われた事に始まるとある。抽象的な概念である精神上の話になればなるほど、それを成す為に影像が使用された事は興味深い。仏教の説教、そして説話もまたそれに供なうものだろう。

映画へのリアリティには面白さには、確かにその抽象性からくる対岸の、あるいは彼岸の客観者としての位置がある。視るもの見せるもの、創るもの、享受するものの関係、人間は常に何かしら具体性を求める「志」のいじらしい感性の所在であるらしい。それを証明という。

年の瀬に鈍行に乗った。「羅生門」と「雨月物語」であった。云うまでもなく黒沢明と溝口健二監督のものである。各駅停車のそれは長い感性の歴史の尾を曳きながらさまざまな風景を眼の前に展げその余韻を共有してくれた。器楽や打楽によって表現される日本の感情、日本の古典その光のきらめき、その景色は古い「刻」を経て来たものである筈なのに、然し少しも古くなく、新鮮に今日の感動というプラットホームに立たせてくれた。心地よい旅であった。

そこには「間」があり「魔」が魅了という化粧をして私の傍らにそっと連れ沿っていてくれた。仏教の云うあるいは宗教の語る死と生を超える人間の「心」の普遍への問いかけが常に静かにそこにあるようであった。

名作は「刻」も「場所」も「地域」も「風土」をも超えて常に静謐な文化という「間」に輝いている幻燈の宗教であると思った。

感動の影絵を探して旅したい。鈍行に乗って二十一世紀の映画という「魔」を一コマ一コマ旅したいと思った。

詩のある魂の島

西表島、美原集落から由布島へ水牛車に揺られ渡った。常世から黄泉へ渡るような気持ちがそこにあった。かすかに風も吹いていた。

牛車が人を乗せて渡る砂地は、この美原から沖合500m、空へ還る海の道である。空の青さと海の青さのほどよく溶ける所に干満の潮のつつましさがあった。

海の道を古老の三線《シャミセン》の弾く音色とユンタ（安里やユンク）の地声のやわらかな深さと伴に、「刻」がゆったりと流れていた。シャボリ、シャボリと水牛の歩く水の音、潮の音に混じって洗われていったもの、白い砂地の軌跡にそっとしまわれる私自身の軌跡の砂粒もそこにあったようだ。

ここは日本の地、南の涯、彼方のある場所、私は点である。

小松空港からの機中で読んだ冊子の中に「ちょろちょろと」と題した沖縄、宮古島生れの詩人の与《よ》那覇幹夫《なはみきお》の詩があった。この自然の涯しなさに抱かれた土地の声、大地の言葉（簡単に方言とは言う事を許さない厳しさがそこにあった）からなる詩の肉声を聴いていた。この地にあってしか書き得ないもの。離島《はなれじま》の過酷な生活の制度の中に息づくもの、琉球そして薩摩と17世紀から20世紀初頭までの離島の運命の洗われ方、自然と人間の智恵の土着の向日性が今日の歴史に還ってきているもの、想像力という作品の詩の力がそこにあった。

いつ
青の夢んのって
どこからやって来たのか
君たち　さんご
うねる　大洋ん中
累々と喰らい続ける青ん幻花
さんごたちよ
化石となり土となった　あんたら親たちの
あん赤茶けた土ん色は
あんたら親たちの恨みんか
青い空んした
貧土の赤土ん
芋づるが

へばり着くよう
ちょろちょろ　風に揺れるん
島ん人　姿んようんね

（詩集『赤土の恋』から）

離島の海をみて、沖縄の海をみて、離島に立ってこそ感じる／青の夢んのって／と言える詩語に出あった。この旅の幸い。

離島には、離島の古老には、その島の歴史とそこにある自然と人間の輝きを背負っている、ゆったりとした謳らかな時の流れがあった。軽さと重い日常の静謐な居住まいを感じていたのは、この詩品を機中で眼にしていたからであろうか。通りすぎる人間としての痛みをも、然し共有し得る感動の一語ではなかったろうか。

私には昔から離島、あるいは孤島に対する深い思いと憧憬がある。何故かしらは問えないが「満州」から「日本」へひきあげてきたその幼児体験による由来かどうか、青色が溶けそうな、いや溶けている空の拡がりと海との深遠な関係を思わせるときに、世界の中の孤独の一点であるような「島」を私自身の心に置き換えてそれを他者のように視ている私という気配を忘れ難いのも又そうである。

私の詩集『彼我考』の中の作品「孤島《しま》に」はこのような書きだしがあった。「海を／じっと抱きしめていたい／想い出が／孤島《しま》のように／ふるえて／いる」もう遠いできごとである。心に忘れ難いものをこそが、人生として立っている。

牛車を曳く古老の手の匠の向こうに、三線を弾くその声の音色とともに、私は私の生まれた大地を古里を一瞬思っていたようであった。

三線は沖縄にこそよく似合う。ゆったりと「刻」の流れをつまびいている。そこに住む人たちの鼓動のように人生をもつまびいている。石垣島、西表島、竹富島、何処でもそれを聴けた。島全体に、その音色はユンタと共に流れてあった。一篇の詩のであいの風と一緒に短い常世からつかのまの黄泉の人口へと渡るような懐かしい旅であった。竹富島、由布島はとりわけそんな魂が、そっと呼びかけてくるような島であった。

詩・旅・せせらぎ

笠が岳の見える喫茶店でした。みあげれば窓一杯に広がる景色も清涼な朝の呼気をつれていて、遮断された外部の風も入り口で戸惑っているようでした。山の峰峰がまぶしく空が青く高くて深い。手に届かない靄が晴れてゆく。雲の望みのようでした。

私はこの小旅行に一冊の詩集をもって来ていたのです。この旅のあいだ中連れ添って歩きました。どこか人目につかない場所でそっと開いてこの詩の中に入ってゆきたい、そう思っていたのです。奥飛騨温泉郷、神坂の地名のあるところ。ときめきが誘う場所はとたずねるんです。山々に囲まれた天地、川の音と静寂の光りがせせらぎを集めては誘う邂逅の場所でした。永らく待望していたものでした。刷りあがったばかりの一冊の詩集。

現代詩文庫192「川上明日夫詩集」(思潮社刊)がそれです。テーブルに人生を開きました。言葉の景色を開いたのです。20代から始めた長い詩歴のページの向こうから、の新しい紙の香りと言葉の香り、心の香りが風にそよぎ開かれていて、そこはかとなくこの空間を埋めてゆきました。この高地の風のよう。そこに醸す透明な罪のしたたりの詩語、然しそこにあるものの声のそれが人生、という名詞の肩にとまっていて、震えるものの膨らみをそっと巡っているのでしたよ。ハラハラとめくる「一冊の生涯」、というせせらぎが奏でる、このページが私の人生の厚さか。テーブルに朝のコーヒーの香りがゆっくり流れる静謐の中で一編一編が柔らかくほどけてゆきました。の、一人の感慨と想いに浅く耽りました。そういえば、夕べも夜のヒタキが「旅はたった一枚のシーツのようにわたしを包む」とわたしの傍らに身をゆだねていましたよ。

一晩中。谷川のせせらぎの勢なのでしょうか、この世の景色の行方、瀬の流れに浸っていました。ひたすらなこし方を溢れていましたよ。想いの石を水の唇に噛んで。そういえば、どの辺りだろうか、安政の末期に信州伊那谷に漂泊した俳人も居たな。

翌日（あす）は知らぬ身の
楽しみや花に咲け
井月

井上井月（いのうえせいげつ）は来歴不明の俳人で俳壇ではその名は知られるも一般には馴染みのうすい無名の俳人であったという。路傍の傍らで行き死にのように打ち捨てられたというその文学者の境涯にそっと寄りそってみる。

旅、この詩集の中の一瞬を輝かせる言葉をつれての「時の迷宮」へ、青春、朱夏、白秋、厳冬をたずさえて。「テーブルに春を忘れて煙草の煙り」も一服の感情と四季の移ろい、香りといえばいいのでしょうか。いまは新緑の候。愛染でしょうねきっと。そう想うのです。何とも慕わしい私の人科(ひとか)へのオマージュのこの一冊の眺め。こうして眺めるものを何事もなく眺めつづけてきたこの一冊と生涯。詩集は詩人にとっての遺言書なのですよ。真新しいそれを心の小脇に抱えて。「絵葉書のなか淋しい宛名もそっともの思いに耽る」その人への言葉の見立て波立ての彼方の岸辺、そこからやってくるもの。詩の流れてくるそれがありましたね。見上げれば空の峰の向こうへ笠が岳の峰のむこうへと続く青い彼方、種田山頭火の「分け入っても分け入っても青い山」をふと想いだす。その想いの軽さのようなたいらかな雲のそれを見ている。人が流れてゆきましたよ。30代、40代と50代から60代との「時」と「場」の感傷。

詩を書く営為とは何なのでしょうか。それを訊ねる旅、短い旅、長い旅の足音つれての徒然。つかのまの生地をふる里を離れる意味。「旅は帰れるから楽しい。」そう謳った詩人もいたが。

一冊、私の傍らのこれまでの全詩集。居なくなった人影も一緒にそっともの思いに耽ってくれます。今までに編んだ七冊の詩集の波の果てにこのようにまとめたその折々の心に懸かる傷みの橋、その橋をさっき生き際と死に際が渡ってゆきましたよ。詩を書くとは生死を渡ること。エッセイで辿るその橋掛かりの、そのどの詩品の峰にもその折々の悲喜の想いがかたむいていた遠近。そのようなものなのでしょうかと問い続けながら。きっと。気配とは光と影のあいまい。「連れ添って／彼我もまた／

いつしか／ひとひらひとひら／こぼれる崖だ」とそうつぶやいた詩人の心の懸崖《きりぎし》。水に浸る思いの行くえなのでしょうか。旅をする行為とは。きっとそこを離れて感じ続けることなのでしょうね。明日はこの詩をどこに置いてやろうか。手にとれば軽がるとした一冊の生涯、人生をたずさえた詩集を掌（たなごころ）にこの旅から帰ります。

越前　道守荘　社郷　狐川、の辺のそこへ帰って往くのです。晴れわたる彼方、笠が岳の空のむこうの岸辺にもまた、なだれる水の揺籃のように離れれば離れるほどの帰る意識がさらさらとせせらいで見えました。このふる里と呼べる心のせせらぎの地。この世の仮寝のその場所。詩集も詩人の仮寝の場所なのであろうか。たしかに深深と生息している声に惹かれて。

私はこの小旅行に一冊の詩集をもってきていたのです。

一杯のコーヒー譚

元旦のすこしはやい朝の喫茶店でコーヒーを飲んでいる。この歳の初めての一杯である。静かな店内に、深深と「時」が降り積もっている。人がいない。静寂がひっそり満ちている。年の瀬に買った古井由吉の短編小説集『蜩《ひぐらし》の声』を読んでいる。除夜は、この世とあの世をつなぐ架け橋。中有を揺籃している男と女のしかしこの世の人ともあの世の人とも妖として解からない。そこに有るようで無い名残りという幽冥界を行き来している往還している、そんな魂の交歓の記である。見える素顔、見えない機微が時と場所を移動しては此処そこと花粉のように飛び交うのである悲喜である。肉体があった過去、肉体のない現在、未来を醸す行方のその会話の彼方に言霊を連れて現れる蜃気楼のような散歩考である。

一杯のコーヒーが香る。昔、別れた女の髪の匂い、指のうごき、うなじの彼方に彩る悲しさが白い露のように立ちのぼってくる。自分自身を知る言葉、他者を映す言葉、言葉の鏡にも映る虚と実と皮膜の波紋。鏡のおくに垣間みる遠い迷宮へつづく一本の途。訊ねるのは人科という物語。の男の性と女の性とが卍に絡んだやわらかな道行き。その果てしのなさがエロスとパトスとロゴスを吹いてゆく風の音の聴こえる季節がある、柔らかくこの本にそれが吹いていた。

一杯のコーヒーが香る。昔、別れた男の背中の淋しさの面積、掌の匂い、掌の軽さが悲しい。忘れられない。秘密という妖かしに分けいった未練という残り火、笑顔のさざなみがそれを消してゆくもどかしさ。夢の浅瀬で溺れた名も知らぬ人へのもの思いの姿そのまんま哲学するうしろ姿に、ここは何処そしてわたしは誰れの見えない所在が揺らめいて冷めてゆく一瞬の戸惑いがある。元旦のすこし華やいだがらんとした朝の喫茶店。気配のない温もりの彼方に目をやり、茫然とそそぐ歳の初め。

一杯のコーヒーが香る。喉元をわたる言葉の声音にさそわれて人間の魂のここよりそこ、かしこと飛び散らう落ち葉かな、の風のように、ベルレーヌを気取ってもみるのだが。今は冬。魂は見えないそれゆえに語れる静寂がつつむ妖気と一緒といえよう。男でもない女でもない性を超越してのめくるめく邂逅がある。誰しもそうで在ろうか在るのだろうか。淋しいものだ。春の来ない宿根草。

ふるさと。「そのかけがえのない存在の場所を失うことは、精神のありかを喪失した事と同じであると」この地上から忽然として消えてしまったその土地の名。「ふるさと」。敬愛する北の詩人の憤怒の惜辞がとてもふかい。また風が出てきたな。

3・11。ふるさとを追われた人達の魂がこの国を彷徨しているのだ。かけがえのない存在の場所をさがして。

かつて海の向こうに満州国という日本人が夢見た幻影の国があった。昭和20年8月15日、日本の敗戦でこのふるさとを追われた人達が着の身着のままの姿で引揚げてきた。戦後60年を過ぎようとしている今も、この国の何処かでぼうぼうと吹かれている。どう違う。故郷喪失という亡霊のように他所《よそ》者《もの》を生きているこの縁《よすが》を。

一杯のコーヒーが香る。がらんとした年の瀬の夜の喫茶店。バラード奏法でフィニアス・ニュウボーンのジャズピアノが流れている。唄はサラ・ボーン。

メッセージが緩やかにのぼってゆく。曲名は「ブラック・コーヒー」。

II　自作をめぐる風景

狐川の四季

狐川にまた春がきて、陽にうるむ水の優しさが匂ってくる。巡る流れにそっとさしだす私の想いのさざ波。すべての生き物たちのみえない眼差しに、色をつけた華やぎが揺れてこの岸辺にもいつか季節がなごんでいる。自然のなかの形、色、音の気配、その隔たりを「間」というならば、この間こそが中有、空間とよばれるものであろうか。狐川を歩けば私はその間を「魔」と感じる生死の不思議な優しさに出会うことができる。私は永くこの川の辺に住んでいる。この川の水を心の揺籃に例えていいのかも知れない。水を辿れば私は遥かな私自身のルーツへと還って往けるからであろう。

水にことよせた想いをつれて私は日々この狐川の岸辺を歩いている。この水瀬は日野川、九頭龍川に合流し、やがて日本海へ注いでいく。北上するこの水の果てに私は私のまぼろしの故郷を見ているのである。水が繋ぐその思いへの懐かしさ。めくるめく水の輪廻、そのことなのである。

私は豆満江の水の流れが中国と北朝鮮と故郷を隔てる当時の中国東北部の国境の街、「延吉市」で生まれた。終戦時は本渓湖市協和区敷島町80号の地に住んでいた。

五歳のときに日本へ引き揚げてきたのだ。終戦、昭和21年7月2日に舞鶴上陸（舞鶴港第2桟橋）

だが、然しかの地（中国）の記憶の一切が今も私にはない。かすかに引揚船のなかの暗闇から見上げた空の色の明るさだけが手に取れるような親しさでそこにあった。幼い日の遠い幻のような意識を繋ぐ一本の水の道、その縁《えにし》のむこうに私の故郷がある。

狐川は、紀元六百年代から東大寺直轄領として北陸地方最大の荘園「道守荘」の中を流れていたようだ。正倉院に遺された越前国足羽郡道守村開田地図にも記載されてあり、今にその面影をみることができる。北に足羽川、南に浅水川、西に日野川に囲まれた三百二十六町余とされる道守荘は、まさに水の道に守られた歴史のある場所であった。この真ん中を今もひっそりと狐川が一条のねじれた糸のように流れている。足羽神社神田地であったことからその一字「社」をとったとされるゆかりの地「社村」、ここは近年まで農に明け暮れた閑静な土地であった。「越前　道守の荘　社の郷　狐川」、それは私の呪文であり、四季巡るふるさとへの挨拶でもあったからだ。この地を旅する礼儀でもあったその理。

水を聴くことで水を拓くことで水に触れるふるさと。岸辺におりて手を浸す、その水の冷たさ。遠い故郷に触ったと、そんな一瞬の感慨が溢れてくる。この岸辺から発信する二つの国への想い。たった一つの国への想いがしんしんと絡んでそこにある。

水を聴くことで水を拓くことで水に触るふるさと。岸辺に降りて手を浸す。ひんやりとしたその水の冷たさ、遠いふるさとに触ったと、そんな一瞬の感慨が溢れてくる。この岸辺から発信する二つの国への想い。たった一つ国への想いがそこにある。それらを彼岸と此岸に例えれば、それもまた遥かな時空を超えて比喩とし訊ねる詩的空間である。地上から天上へ、天上から地上への小さな旅。生死を連れてその中有の深さをも往還する旅。魂と一緒に、それをそっとダブルイメージするのである。水の辺の私自身と化して。それが私のモチーフでありテーマである。

狐川は、詩で書く私の故郷である。詩を書くことで住んでいる私の草家、私の故郷である。そこは私の「日本」を密かに実らせるところである。空高く静かに舞う風や蝶や水や時の作法の向こうへひっそりと「魔」を紡いでは華やいでいくところである。そこから発ってゆく歌語への想い。私の古典が深まり現代と感応しては見えない世界の花垣を奏でてゆくところ。花や鳥や月に雪、山川草木。名もない歌の声などをはだけては命のようにそこはかとなくある、もののあはれ、儚さ、の再びを見るところである。たとえての生きとし生けるものたちへの美しい営みや別離の在るところ、旅する異邦でもあるのだ。異邦とはしらじらと自身を照り返す寂しさ光のようなものであろうか。この水の果てしないよるべなさこそが私の詩的世界の根拠である。風景はそして批評になる。見えるもの見えないものをこそ集めてである。流れている私の詩的宇宙、私の詩的全人格であるからである。

＊抒情とは日常の異界を揺籃する旅する水の精神である。

私は現代のもののあはれを、儚さを、かそけきものを書いてゆきたいのである。それは私自身が生きた素材（モチーフ）になれるからであろうか。そこに日本的な美の意識をみるからであろうか。

かつて、満州という名の幻影の国があった。植民地という名の国があった。そこからはそれこそ幻影のようにゆらゆらと沢山の日本人が引き揚げてきた。還ってきた。外地から内地へと着の身着の侭の姿で茫然自失となって。引き揚げてきた。見えない沢山の日本という国の不幸を背負って帰って来た。私もその一人であった。五歳だった。が、そこで本当に喪ったものとは何だったのであろうか。単に時間や空間を超えてきただけのものはでない、それら遥かなもの、のそれ、それを分け行ったもののをこそが詩的根拠、詩的経験になったのである。

「ふるさとがない　他所者《よそもの》」との見えない声のそしりが私の背後霊である。いまも荒涼として吹いている私の喪失感であり根のない寂寥、淋しさである。

ふるさとが欲しい。美しい日本語のときめきのある風景へ景物へ誘ってやまないこの渇き、そこへ還りたいと願ってやまないあはれの風が人生を吹いてゆくのである。抒情とは風景（異界）の中に魂のふるさとを訊ねて旅する思想であろうか。それを訊ねてその一語に押されて私は私という来歴を、いま一編の詩にそっと聴いているのである。

狐川の岸辺を歩けば私はこの水の彼方からせせらいでくるその呼気や吸気、水の命に震える懐かしいそれらを詩語として聴くことができるのである。定住する故郷と漂流する故郷、それを隔てる日本海。私はいつでもこの光と闇の狭間にただよっている澪標《みおつくし》であるのだ。きょうは水鳥は渡ってゆきましたか。波の音が聞こえましたか。雲の艀がとても白いこんな日のまほろし。

遠い日、私は私の感情の桟橋に亡霊のように吹き寄せられている夢の亡骸である。薄い影ばかりを掃き忘れてはそこに立っているようでもある。どの時代から引き揚げてきてそしてどの時代へ還って往ったというのであろう、風景。そしてそこにいない私の、ない故郷へ　ただ静かに吹いてゆくばかりの魂風（たまかぜ）がある。


舞鶴港、第2埠頭へ　他所者という淋しい風がきょうも呼霊《こだま》している

＊

狐川のきしべに再びの春がきた。空をめぐり水をめぐる日々である。命あるものたちのあえかな日々をさしだしては「時」をかさねて、その足音つれて、私の詩神は「旅」という一語の薄い忘却に魅かれて、いまもめくるめくその遥かな異邦（日本）をめざして旅しているようである。

旅はまだ途上なのである。

＊

〈越前、道守荘、社の郷、狐川〉私の呪文、私の呪術。私の故郷。

冬、草々

春一番が吹いた。どこか呆けたような心地。ほかほかと心が湧いてきそうな仄かな温かさである。立春がすぎ北陸のこの地方にもことしは雪がすくない。温暖化のきざわしさであろうか、はやい春がおもわれる。

如月は二月の古称、衣更着とも書くが春とはいえまだ寒いので重ね着をして着膨れていくその様子。この名の由来についていまさらでもないが古人のそのさまがこの言葉から遥かにしのばれてどこか仄々とするものがある。

狐川にもひとあしはやくその春の香りを浴びている草木、葦は打ち倒されてこの景色の中にただ沈黙をまもっている。耳を澄ますと草木の芽吹きがこの河原にもようやく蠢めきはじめているようである。

季語によれば、寒風に凍えてピンと張り詰めている様子で「草木張月」の転じたことばも入っていて、それが如月とのいいぶんも納得できそうである。ぼうっとそれでも小雪が舞っているこのあたりは、降りしぐれればしぐるほどに、沈黙の白に覆われて思いの深さへ還ってゆけそうである。水はいつもそこに静かに流れているばかりで声のひとつだにしない。〈水は方円の器にしたがう〉とふっとそんなことばが浮かんでくる。

山里は　冬ぞ淋しさ優りける
人目も、草も、かれぬと思へば
（源宗于）

「古今集」の冬の句である。がいまこの狐川のほとりの景色をむかえてそれを想うにやぶさかでない。寒さにも色や拡がりがあるのである。草木を偲ぶさきほどまでの明るさが不意に空からおちてきてがらりと心変わりするような空模様、吹いてゆくのである。北陸人は冬枯れのさびしさを体感している。驚かないのである。静かにおのれにふり積もってゆくのである。運命のように。その術がたくみなのである。

冬は精神的な充足をふかくたがやしてゆく特異な美意識にいろどられているようだ。人気のない人影のない里や野道や田や山の墨絵のような世界に浸る。狐川にも。わびしさがしんしんと降ってくる、あるいは下りてくるようである。人のおとずれの絶えてゆく意味の「離」は、カルと読み、草木の「枯る」の意味をもかけてある詞であるそうだ。むろん人間関係にも降るものであろう。

生もまた、死に降り積もってゆくさびしさの体感で「離」るであろうか。

淋しさに耐へたる人の
またもあれな　庵並べむ
冬の山里
（西行）

冬の静寂は死の風景である。何もかもしずかに飲み込んで沈黙へ誘う。近年、現代詩から「死」の匂いがしなくなった。そんな主題から、死という風景はもうずいぶんと遠くへきてしまっているようである。それほどたやすく生死という諦念は抒情は人間のこころから「離」るはずもないものである筈なのだが。

この国の自然観や歴史観、古典や伝統とむかしの人びとが草や木から何を感じとったか、木や草に託して何を云おうとしたのか、いってみれば草や木を通して日本人の精神史をも探ることもできるこの国にあってである。

抒情とは日本人にとって永遠のテーマであり続けるものだ。

さくらと詩と映画と

緑の薫る風は気持がいい。5月は、そんな心の洗われ方がするようでうれしい。第7回三好達治賞贈賞式に出席してきた。大阪城公園のなかに位置する大阪市公館においてであった。大阪城がそこに見えるうららかで閑静な一隅だ。見上げればさくらがもうちらほら散り敷いでいて、足元にも音もなく寄り添う。色も風も声のないものはいい。なにもいわずにただひたすら散っている。ただひたすらに。

日本の抒情詩人を愛でる賞、三好達治賞。こんなに大きな名の賞。国民詩人と謳われて今も人々の心に深くその名を惜しまない親しさ。日本の近代詩人。

日本の伝統的な美意識、山川草木、花鳥風月、感情を四季に深く読み込んで心に芯とあるもの。心情に溢れてやまない。4月はそんな想いの感情をうすく揺曳してあるさくら。春に先駆けて咲くもの等。

戦後の詩は、この四季派の詩人の詩を否定する処から始まった。昭和20年8月、終戦を境にして。戦前から戦後への波が大きく打ち寄せられた。価値の大きな転換が戦後であった。文明も文化もそして言語さえも。といっていいか。あらゆる旧来の日本的なるものの否定が始まった。敗戦、戦後。民主主義という名の元に。日本的なるものの存在の否定、根本からの価値の転換を要求され強制された。文学もまた然り。詩も然り。自ら進んで旧来の制度を脱いで新しい制度に着替えたのであった。さくらの花がちらほらと時の筏にのっていく。

あはれ花びらながれ
をみなごに花びらながれ
をみなごしめやかに語らひあゆみ
うららかの跫音空にながれ
をりふしに瞳をあげて
翳りなきみ寺の春をすぎゆくなり
み寺の甍みどりにうるほひ

詩集『測量船』のなかの一篇「甃のうえ」の一節がチラホラと私の口をついてでてくる。名詩である。

三好達治は昭和19年から23年まで福井県の三国港（坂井市）に仮寓していたのだ。戦後福井県の詩文学の礎となった則武三雄は、昭和21年から三国を去る23年まで、三好と起居を共にした弟子であった。終戦で内地（鳥取）に還ってきた則武を三国に呼び寄せた。則武の朝鮮総督府勤務時代の昭和15年9月には、鴻緑江をはじめ朝鮮各地を、二ヶ月にもわたり二人で旅している。その事は近年ようやく認知されて岩波文庫『三好達治詩集』の年譜にも、それが記載（1971・1・16刊）されている。第2回「詩歌懇話会賞」を受賞したのはこの年の3月である。そのお祝いと推測される。則武31歳三好達治40歳の時であった。そのような経過をたどって戦後三国に来た則武は、そのまま福井に。23年三好は東京へもどった。詩風は、四季派の知性の香りを受け継いだ理知的な清潔さと人間の諧謔にとんだものであり、生涯三好達治を文学の師と仰ぎ福井の地に生きた。この則武三雄の門下生で薫陶をうけたひとりに現代詩作家の荒川洋治がいる。広部英一が、「木立ち」がある。戦後の福井県文学の始発に三好達治はいた。福井県歌、県立三国高等学校校歌の作詞者として。ゆかりをいえばこの賞の副賞に、福井県の特産が付せられる意味もそこにあった。その名残りが尽きない。文学への感謝がのこる。詩歴がのこる。

廂々に
風鐸のすがたしづかなれば
ひとりなる

わが身の影をあゆまする甃のうへ

おそい春の午後をこの詩を口ずさんで帰った。「風花」という木下恵介監督の映画があった。早春の野辺に母子がしっかり運命を受けとめ生きてゆく。そんな岸恵子の肩にどこからともなく桜の花びらがひとひらふたひら降りかかっていた。１９５９年の映画である。

III　鮎川信夫のいた風景

詩人と煙草

そのころ、私がどのような煙草を吸っていたのか不思議にはっきりしない。東京の渋谷にあった鮎川信夫さんのお宅を訪ねた時だった。暑い夏のさかりで、バスを降りてあちこち訪ねながらようやく探しあて、伺った私を、わかりにくいといけないからと玄関先きまで出向いて迎えていただいた。表通りを少し中に入った細い路地の背の低い生がきの奥に、その家はあった。確か二度目か三度目の上京の時だった。

そのころ「芸術生活」の詩部門の選者をなされていた鮎川さんの目に、拙稿がとまり、新人としての入選の冠をいただいたのであった。初めての稿科で五千円だったのを覚えている。私は、ふくいで詩誌「木立ち」を、広部英一、岡崎純、南信雄の、敬愛する諸兄と始めたばかりであった。上りかまちの横の六畳の室に案内されたのを覚えている。正面の壁に、片山哲の書が掛けてあった。鮎川さんの書斉はこの奥の部屋と、もう一つ近くのビルの一室を借りて、そことを行き来されていたのである。

鮎川さんの御母堂は大野の出身の御方で、今も親類の方々が、大野に住まれている。その昔、大野小町といわれた程の、その名残ある美しい方であった。ふくいから良くいらっしゃいましたねと懐かしげに言葉を掛けていただいた。

私の目の前の書架には、当時出版され始めていた勁草書房の「吉本隆明全著作集」のうちの数巻がおもく座を占め、種々の詩集、評論集がびっしりと納められていた。よく見るとそれ等の片すみに、私の処女詩集「哀が鮫のように」が小さくあったのを覚えている。

あの時、私は一体、何を語ったのであろうか。戦後詩の屈指の理論的推進者であり、「荒地」の統帥であり、詩人であるその人を前にして――私はといえば、手土産の小鯛の笹づけが、この暑さに傷まなければと、途方もないことばかり、うろうろと考えていたようであった。余りに柔和な目を指し出してくれるこの詩人の前で――。

セブンスターはまだふくいに出ていなかった。記憶はといえば、上野の焼け跡で、村野四郎が牛乳を飲みながら、ぼたもちを食べていた話、モダニズムではなく、ボタニズムですね等々。鮎川さんも何を話したらよいのか、いたずらに寡黙の時がすぎて（本当は、そんなに長い時間ではなかったはずだが）いった。

これが今度、新しく出たたばこですよと、そんな時そっと出されたのである。しゃれた白地のケースに星型が無数に、極めて正確に配置され、金色で7と目立たないように記されていた。セブンスターを初めて見たのである。一服吸ってその軽さと口当たりの優しさに驚いた。これはモダニズムであると私は思った。

慣性がでてくる前の妙に改まった時間、慣性が過ぎ去っていった後の余裕、例えば、それは詩の中の一行に息づくひそやかな発見、行と行を結ぶ余白のせめぎあい、その湿り。

その日、今日は泊って明日帰りなさい、の温かい言葉を押して、夜行に乗ったのであった。約束された出会い、約束されない出会い、出会いに対する私の自然、私の感情。

転居された鮎川さんのお宅に、その後、二度ばかりお伺いしたが会えず、それが私を安心させる不思議な気持ちのまま、御母堂とふくいの話などをしながら帰ったのを覚えている。

「新しい家を建て少し貧乏になりました」鮎川さんのそんな便りを最後に、鮎川さんの仕事を諸雑誌、とりわけ、現代詩手帖、詩学、ユリイカ、等誌上でお目に掛かることで私の日常は、現在ある。

過日、広部兄が高見順賞記念会に出席され、そのパーティーの席上で、鮎川さんに会われた折り、川上さんは元気ですか、最近、詩作品を余り見ませんが、と言葉を交わされたとの事、広部兄の心中、その弁解を思うと、私の怠慢ここに極まれり、申し訳ない気持ちで一杯であった。

この度、私の二冊目の詩集「彼我考」を、六月に荒川洋治君の紫陽社から出版する運びになった。詩編は十二〜十五、私の言薫の色彩りを、せいぜい開いてみたい。私の机上に置かれてある、セブンスター、私の愛用のたばこ、私の文字精神（詩精神）その詩精神を吸いながら、作品の最終定稿に余念のない毎日である。

六月になったら、インクの香りの消えないうちに、新しいその一冊を持って、鮎川さんのお宅に、お伺いしてみたいものだ。
〈星の定まっている者は振りむかぬ〉

鮎川信夫『戦中手記』（思潮社、一九六五・十一・一）「橋上の人」より

鮎川信夫詩集「宿恋行」から

睦月、目の前のちいさな荒れ地には年を越したままの芒の一群れが、風にまだその白い穂先を差し出していて、去年の名残に薄くふるえている。

風を手向けてはそのひと揺れがまるで手招きしているように、おいでおいでと呼び掛けているように、私には確かにそう見える。白髪を思わせるそのなめらかな仕草に、私はふっと鮎川信夫の作品「宿恋行」の一節をおもいだしている。

白い月のえまい淋しく
すすきの穂がとおくからおいでおいでと手招く
吹きさらしの露の寝ざめの空耳か
どこからか砧を打つ音がかすかに聞こえてくる
わたしを呼んでいるにちがいないのだが
どうしてもその主の姿をたずねあてることができない

時に激しく、身をほそく晒しては、それこそ身もだえる風情の高さで、ゆっくりと手折ってゆくもの。手折られてくるもの、の時の感情を超えて、語りつがれるもの語り尽きせぬ故の語らいへと続くもの。そして意味を抱きしめてゆくことの豊満さ。どうしてもその主の姿が見えてこない。訊ねあぐることのできないその明日をもしれぬ露のしぐさ、まっすぐ入ってこれないその紆余とつづらの果てしなさ、そしてこう続く。

さまよい疲れて歩いた道の幾千里
五十年の記憶は闇また闇。

空耳だろうかの声の行方。にしても終行のこの2行の暗闇は、果てしなさは。この一冊の詩集の表題にもなっているこの巻頭詩「宿恋行」とは、そして宿恋とは、その意味の余りある思いの感情に、ふかく身を潜めてじっとこらえて在り続けているそのものとは。心に宿し続ける慕わしさとは何であろうか。そんな響きやまない木霊のようなものであろう、きっとその幽かに震えるものにちがいない。微震するもの。この世に忘れてきたもの、まだ先の世にへの途中のもろもろなのか、たった8行の詩句に込められてあるものはそれこそ闇また闇であるのだ。人生という道草の途中に置き忘れてきたものは何だったのであろうか。

見はるかす草の円卓の向こうは荒れ地。風景と呼ぶところにも、もうちらほら小雪が舞っている。ほんとう主の姿が見えてこない。哲学や思想を実らせては甘やかにあまりあるものの香り。尋ね続けるもの。そのときめきと疲労の芳香さ、その宿り。手のひらにのせた小雪の淡さ。水へ還る自らへ還る。人間の情の儚さへ余情へ、きわめて求道的なたたずまいをもったこの一篇からこそ、今だからこそ、いわゆる論理や詩論をも脱いで、率直に詩を鑑賞すれば、感覚すればいい一篇ではなかろうか。古さ、新しさ、が混在していても。それでいいのでは、にしても宿恋とは。見はるかす人生の円卓の地で齢五十になんなんとする季節を迎えての日々の営みの中の孤独と愛隣、とその重さ。窓の外の小さな荒れ地には、さっきから、ちらほらと小雪が舞っている。白い世界。狐川の向こうのようでもあるが。鮎川信夫は本当の恋にであったのだろうか。本当の恋を欲したであろうか。それを味覚し掌にしつづけたのであろうか。その主の姿がみえてこない。哲学や思想を超えてしても、はるかに訊ね続けるもの在るべき哉、そのときめきと疲労の深さ、人間のもつ「あはれの」のはかなさ、のその宿り。手のひらに乗る小雪の淡さほどに、人間の情念と呼ぶものの薄い焔の見えにくさ。何処へ行ってしまったのであろう。途方という由縁の果てしなさのつれづれ。きわめて求道的であるこの作品の余情と膨らみの彼方、背後から詩人の運命がしきりにおいでおいでおいでと手招いているように聞こえてくるのである。が。

君が手もまじるなるべし花芒　　　　去来

詩集『宿恋行』は、しかしこのように極めて座りのいい一声から明解に始まるのである。

ぼくは行かない／何処にも／／
地上には／ぼくを破滅させるものがなくなった　　　　（地平線が消えた）

何処へ。鮎川信夫はどこへ行ったのであろうか。戦後詩は遠いか。鮎川信夫が没してはや六年になろうとしている。去るものは日々にうとし、か。光陰の速さに連れ添って行くものの儚さも又。「どくろの目に泪がたまる」＊「吐く息のひとつひとつが詩になるかも知れぬ」＊
鮎川信夫詩集『宿恋行』はいま私の座右の一冊である。

＊いずれも詩編より

早春、梅の小枝

ちらほら小雪が舞っている。庭の片隅で梅の花のかおる季節になった。なぜかほっとするものがある。静かに凍えて和らいでくるものの辺で想いが溶ける。すこし色をつけた蕾みが開いているようだが。みえない花弁の暗闇にひとつひとつ言い聞かせながら想いを洗う。その眼差しが柔らかな雲間から陽の優しさを浴びている。立春。

こんな季節にはいつも思いだす一篇の詩がある。春を吐いて白くたちのぼってゆくその空にあずけた眼差しのゆくえ。

吐く息のひとつひとつが
詩になるかもしれぬ
きみとぼくにしかわからない
やさしい謎をひめた詩に

過去をすてたきみの喜びと
未来を失ったぼくの苦しみが
よりそって　晩秋の路上に
つかのまの影をおとし
西と東に　はげしく
引き裂かれていった日から

きみの髪をゆわえた
ほそい梅の小枝は
非時の曇天に
ゆれつづけている

（吐く息の）

昭和四十一年「詩学」一月号に掲載された鮎川信夫の詩である。梅の小枝にゆわえた髪、それほどんな別離のどんな祈りであったのであろうか。戦争という非時の曇天。それは過去からの告発であり未来への沈黙の希望という伝言でもあったのであろうか。再びは会うこともなかったであろう死を生きてついには現代に繋がるもの、戦後を死者の魂と共に生きた詩人のこと。語られ尽くした感のあるこの詩人を語ることのおこがましさに今更の思いも。が、いまも人の心を震わせ響かせつづけているものの声。この詩は私の好きな一篇でもある。そしてとてもふかい謎を秘めている。

鮎川信夫は、母親は大野市の出身。父親は石徹白村の出身であった。（この地は、昭和二十三年の村民投票により福井県から岐阜県へ編入されたのである。）梅の花の咲こうとするこの季節には、ふっとこの詩と詩人を思い出している。

遠い昔、祖父の米寿を祝うため、大野に帰郷しておられたこの詩人に会いに行ったことがある。二十代の初めであった。十一月であった。私の現代詩はそこから始まったのだが。旅館の書院作りの窓のむこうにちらほらと小雪が降っていた。吐く息の白さが忘れられない寒い日であった。そこで何を話したか。戦後詩の巨きな詩人に会ったのである。二十代。興奮が身体を熱くした。前日に米大統領がダラスで暗殺されたとのニュースが流れていたその次の日であったから忘れない。もう詩人が逝去されて二十五年も経っている。庭に紫のホトトギスの花が一斉に咲いている頃だった。訃報を聞いたのは。それは茫然とする報せであった。お訪ねしたのは生前に三回であった。が、私のような若者にも丁寧に向き合っていただいた。そのことは忘れ得ぬ記憶である。

日本がまさに暗い時代へ入ってゆく昭和十七年、詩人は学業をなかばに戦地におもむかれた。一篇の詩「橋上の人」を遺言として友人に託して。が、幸運といおうか不運といおうか詩人は傷病兵として昭和十九年、内地に送還されたのである。そして三方気山の（現、若狭町）傷痍軍人療養所に入所されたのであった。後に福井県にあった国立三方療養所である。そこの五病棟で戦後現代詩のバイブルといわれる詩論「戦中手記」は生まれたのであった。消灯後の暗い病室でそれは五本の巻紙に家族にあてた手紙のふりをして綴られたものであったという。

十八歳の春、私は三方、気山のこの国立療養所で一年の隔離入院を余儀なくされた。肺結核と診断されたからであった。当時この療養所にも「湖療文芸」という機関誌があったようだが私には遠かった。林を抜けると目の前をひろい湖（久々子湖）がひらけるそんな閑静な里山の地であった。

宇波瀬神社という名の水にまつわる親しい神社があってよく湖やこの辺りへは散歩にいったものだった。翌年の三月に私はここを退所し福井に帰った。

これは随分と後で知ったことであったが、「戦中手記」の中で、名作「橋上の人」の決定的な一行〈星の決まっているものはふりむかぬ〉が書き加えられたのも実にこの病棟であったのである。私の病室はいみじくもこの病棟にあった。この五病棟のどこかに確かにその詩人はおられたのだった。私はこの重なる偶然をいまも運命のように抱きしめている。

「戦中手記」は昭和四十年十一月一日、思潮社より刊行されている。むろん私の傍らにある。当初の戦中手記には「星の定まっている者はふりむかぬ」であった。

福井県、若狭町三方は梅の産地である。この季節のすべらかな風が湖を渡ってゆく。ひらひらとその風に乗ったあえかな梅の香りのような、遠い日の私の思い出である。鮎川信夫は福井県にそのルーツを持ったゆかりの詩人であった。

いまはいないその人に私淑して、私は詩を書いている。

〈いなくなった人影がもの思いに耽る〉

わたし一人の〈ほととぎす忌〉

晩れてゆく秋の庭のそこかしこから、生きもの達の激しく移り変る様、その呼気や歓気、生命あるものの盛衰が彩る昨日そして今日と、夏から去る日の旅の影が、あわただしく身終いするその類い。行く夏よりも行く秋よりも、いま来る冬の、ととのいの静けさに、先き触れとしての秋も沈めてみる。

庭の隅々で咲き交した花々、風の色や水の吐息、陽の明るさに耐えた沈黙の言の葉、去って行くもの迎えるもの、名残りの匂いその香り花たち、私の家の小さな庭にすっきりと夏水仙が咲き、日々草やかやつり草があったのをまだ秋桜のゆれに映して、昨日までのかたちあるもの、生命のあとさきの、この水のような引きようは何だろう、失ってゆくものの手ごたえのなさばかり溢れてきて。

十月のこの庭にまたほととぎすの花が咲いている、庭の片隅でひっそりと薄紫のあえかな色をさしだして、この季節の暗がりに音もなく立ゝずんでいるほととぎす。

詩人、鮎川信夫が亡くなって一年、そう言えばあの時も見送るようにこの花が咲いていた思い。机の上のコップに酒をそそぎ鮎川信夫全詩集とわずかばかりのスルメ、それにこの花を一輪たむけて私一人の「ほととぎす忌」をやる。父なる地、母なる地、鮎川信夫はその詩の生涯を通じてふる里を語

ることは無かったしこれからもないだろうと思われたのだが、

帰るところはそこしかない
自然の風景の始めであり終りである
ふるさとの山
父がうまれた村は山中にあり
母が生まれた町は山にかこまれていて
峰から昇り尾根に沈む日月

おーいと呼べば
精霊の澄んだ答えが返ってくる
その谺のとどく範囲の明け暮れ
在りのままに生き
東洋哲人風の生活が
現代でも可能であるのかどうか

時には朝早く釣竿を持ち
清流をさかのぼって幽谷に魚影を追い
動かない山懐につつまれて
残りすくない瞑想の命を楽しむ
いつかきみが帰るところは
そこにしかない

最後の詩集『難路行』の集中の一篇「山を想う」である。今こうして、その詩行を書き写しながら、そうだろうか、本当にそこしかない。そういうものなのであろうかと思いを沈めてみるのであるが。何と赤裸々でてらいのない詩篇であろう、あまりにも鷹揚でありすぎてそれが過剰であると。ふる里には果たして批評というアレゴリイはないものなのか、という比喩を考えながら。人間にとって隠す術のない場所とは何処、のそれを考えているのである。「残りすくない瞑想の命を楽しむ」を楽しみながら。そんな場所を述懐するように。

「ユートピアは失くなった。ユートピアを信じる心をとっくに失くしてしまったかと。かつてそういった鮎川信夫の心中の暗闇の吐露、それは詩論にもあったはずのものだったが。「ふる里」とは「ユートピア」になるか、もっとも猥雑でもっとも卑近な自我の増殖のある処でもあるはずなのだが。

鮎川信夫の決意を呼んだものは何であったのであろう、それは何か。

「そこにしかない／帰るところ」とは。詩人の晩年であるそれは一体、何を語ろうとしていたのであろう。喧騒と静寂と煩悩の極からの人間の本能回帰の地平線の彼方を。鮎川信夫が最後に還ってゆくことを決意したふる里は、のそれ。その自己確認の一篇となっているこの詩篇。

大野は越前の小京都と言われ水の降る街、白山にその水源を発する石徹白川、から本流の九頭竜川へ。夏、鮎はこの川を登る、清流にしか棲まないという魚である。別名「香り魚」とも。この山間の静かの町、この地にあってこその人間の住む町である。鮎川信夫にとって自然回帰はついに詩然回帰なのであったのだろうか。

晩年にいただいたハガキにこうあった、一部分だが。この一、二年、生活の歯車が狂いっぱなしで、内心ではきついきついと悲鳴を上げているのですが傍目にはそう見えないらしくけっこうな自適の身分と思われているようです。今年は雪がすくないとか。大野の雪景色を思い出すことが多い昨今です。やはり歳のせいでしょうか、お元気で。と。

「山を想う」は、この詩人がはじめて口にした「ふる里」を乞う詩であったのだ。

庭のほととぎすの花が揺れている。何考えることもなく揺れているほととぎすの花を目の端に流しながら、しかし鮎川信夫はその詩の全生涯の果で、ついに福井の地、大野を「ふる里」に持つ詩人であったのである。

　野の庭に山が匂ひ来時鳥草《ほととぎす》　前田正治

最後の詩集『難路行』の集中の一篇「山を想う」はこの詩人が初めて口にしたふる里乞いの詩篇である。

20行余のこの作品は何を問いそしてこの声から何を待ったのであろうか。声は木霊である。響く声響かない声、の間で。

翻訳家の顔・詩人の顔

アーサー・コナン・ドイルのホームズものが「シャーロック・ホームズ大全」（講談社）として、全一巻本で出版されたのは昨年（昭61年）の9月10日である。それから4月現在まで、9版を重ねている。名訳に支えられた静かなベストセラーといえよう。訳者は鮎川信夫である。翻訳家としてのもう一つの顔がそこにある。

今年は、ホームズ生誕一〇〇年とも云われ、ドイルの生涯に執筆されたホームズもの60篇、（短編56、長編4）のうちから、鮎川信夫が47編を厳選し初版時のイラストをも含め、コンパクトにまとめた画期的なものである。何よりも、ホームズは日本人にとって英国そのものであるからだ。

ホームズが活躍したこのビクトリア朝時代の後期は、英国の最も繁栄した華の時代で、それまでの有産階級と無産階級のあいだに、初めて産業革命がもたらした中産階級が生まれてきた時代でもあるのだ。道徳的には、上品きどりや進歩を演じる楽天的な自己満足が二大思潮になっている。そういえば現代の日本人の生活ルーツが、この時代にさかのぼるを知っている人は少ない。特に戦後の世代には、洋服も靴も電燈も鉄道もすべて当時の最先進国だった英国からもたらされたものである。「ホームズとロンドンの街の物語には、どこか異国とは思えない、明治の風俗をしのばせているようで懐かしさを感じる」と鮎川信夫もその著作の中で言っている。

翻訳はひとつの文化である。名作は名訳を持って生きる。とりわけそれは詩人にこそふさわしい。詩人は言葉の探偵だからである。鮎川信夫はこの本の出版された1ヵ月後、昨年の10月17日急逝。この静かなベストセラーを知らない。戦後現代詩の漆黒の闇を、風のように走りぬけていった「バスカヴィル家の犬」。あれこそは、鮎川信夫、その人ではなかったろうか。ホームズは日本に紹介された最初の私立探偵である。

紫煙つれづれ

煙草をやめてちょうど一年になる。さしたる思いもなく考えもなく、少しばかり背伸びした青春の走りのような密かごとで始めた煙草だから、やめるに当たってさしたる感慨もなかった。それまでに一日に二箱、多いときには三箱と吸っていたから、相当のヘビースモーカーといえる。それを知る友人たちは一様に呆気にとられ、何事があったのか怪訝な面持であった。自由に始めて自由にやめる。

さて、コーヒーに煙草、アルコールに煙草と会話、読書に煙草。私にとっての煙草はその時々の人との出会い、私という舞台の寡黙なパートナーでもあり、その間の所作が私自身のみだしなみに繋がってきたと言っていい。そのような大切な時と場所にはいつも、煙草があった。そういえば、鮎川信夫に初めて会ったときに勧められたのは、発売されたばかりのセブンスターであった。福井にはまだ発売されていなかった。一口吸ってその軽さに驚いた。

鮎川信夫はその生涯に、二百篇あまりの詩作を遺しているが、煙草を扱ったものはわずかに七編のみである。添えもの脇ものとしての感じが強い。詩集『宿恋行』（思潮社）は晩年のものであるが、この中には珍しくセブンスターが実名で出てくるのみである。あの一本の煙草。それもまた私の遠い日の思い出。鮎川信夫も相当のヘビースモーカーであったらしい。

『時代を読む』（文芸春秋）というその評論集の中で、最近の風潮としての禁煙論や嫌煙権に触れて「煙草もおちおち吸えぬ社会」との一文を載せている。それは喫煙者の精神的効用と為政者の政治的効用についての話であるが、内心、余程くやしい思いをしていたのであろう「一体、煙草もおちおち吸えなくなって、それでよい世の中といえるだろうか」と結んでいる。

今日、国際的にも人類の環境への認識や配慮が広まっているこの時代にあって、煙草は片隅の雑草のように環境へ人類へそして平和へという時代の真ん中で鳴き交わすかまびすしい人間の沈黙の声の代弁者として、然し美味しい、美味い、気持ちが落ちつく。等等、もっぱら精神的効用の一旦を担いそれを披瀝し続けている。その沈黙の一瞬の快楽、それはしたたかに健全な文化の継承であり批評であると言えないだろうか。趣味や嗜好はより大衆の個人的な欲望の再生産の経済活動で、そして何より自由のエネルギー源だったからだ。それがひとつには煙草であったのだ。

時代を予言し予兆した詩人は顕在ならばいまは八十九歳になられる。「煙草もおちおち吸えなくなって、それでよい世の中といえるだろうか」そんな声が響いてくる。

「彼我考」に吹いた風

「彼我考」は、私が、はじめて投稿した作品であった。当時、東京から、『芸術生活』という総合文化誌がでていて、この雑誌には「現代詩」の応募欄があった。そこに勇躍応募したのである。詩の選者が鮎川信夫であったからでそれも嬉しかった。昭和44年（1969年）のことである。

前年の6月に、広部英一・岡崎純・南信雄らと共に「定住者文学の確立」をかかげ「木立ち」を創刊したばかりであった。颯爽と地方に風を湧かせている呼び込んでいるという自負や自我は、気分の高揚するいいものであった。

「彼我考」を投稿したことは誰も知らない秘密であった。沈黙は金である。無論、風がどのように、地方の無名の詩人の期待を運んでくれるのだろうか。詩に込めた思いや響きや批評は、何処からやってくるのであろうかの期待、そう「過剰を込められなかったら詩なんかでない」という自負だけは孕んでいた。

風のある批評を待った。どのようにして何を運んでくるのであろう、の遥かにそんな淡い期待、雲を従えての超えてくるであろう不思議の声、その無いかも知れない声の予感をも連れ添って。思いが風のそれを、じっと「待つ」を湧かせてくれた。そのように堪えては待つもの。これは密やかさである。まるで詩を実らせていくための一つの手法のようではないかとも、の、それにも満ちていた。詩が批評されるというどのような実りを携えてやってくるのであろう。その恐れと淡い期待と願望とのそれがあいまって帆を張り、そして想いの風が吹いていた。その声と期待、然しそれは胸に仕舞ってあった。私のはたんなる抒情詩ではない、という自負と自我をも密かに胸に仕舞っていたのである。60年代から70年代へと風が吹いていた。

地方という名の土着や意識が孕んでいる実りとは一線を画す表現と言葉と意味の風あい、見えない風、見える風のもつその意識、の果てしなさにも、どこか似ていた茫洋として吹いている風。違うぞと謂う、そういうそよぎ。その幽かなそよぎをこそ執着して、私はひたすら詩を書いていた。「詩は常に純粋で新鮮な嘘であれ」を座右の銘にして吹かれていた。この地に吹くよそ者という風。意識のそよぎを胸にその詩的営為とは何であろうを胸に。素朴さと無骨さと不器用さ、併せもって新しいという美意識のそのひらかれてある不変に叛いてゆく、表現作法。

風は湧くのであろうか。暮らしという作法の変化をなにより恐れるこの地にあって、安寧とした風土がもたらす営為とは、感性の波紋の消えない水面のもつ穏やかさの表裏、上と下で。詩的営為もまたそうであったであろうか。

ふる里とは何であろう、人間を育んだ土に着く、感謝に根を下ろすというその詩的営為がすべてであった詩的表現、それもまたそのようであった土地柄、土着という一語の拠り所が縋ってやまないという「ふる里」意識への執着が帰結するところのもの。その詩想から私は遠かった。風がなす土の有る処。

和辻哲郎の『風土』の一節にもある。「とき」によって異なる藝術と「ところ」によって異なる藝術との問題である。もとより「ところ」によって異なる藝術も、それ自身の内部において「とき」により異なる様式を持っている。両者は密接に交錯して具体的な芸術品の特殊性を規定する。という、そんな一文が近く遠く霧のようであった。また、風土とは単なる自然環境ではなくして人間の精神構造の中に組み込まれた自己了解の仕方に他ならない。とも。

「風は言葉では語りえないことをめぐる体験である」とは、博物学者ライアル・ワトソンの言葉にあった。体験は経験でもある。

地域によって異なる創造と共同体の村落社会。対極には変化を嫌うよそもの意識（他所）という排除の論理が事を守る差別として静かに深く見え隠れして吹いていた、そんな風があった。それが詩的営為としてある風土でもあったこの北陸の一隅で。

文学のある人格とは何だろうか。素朴さが地方の時代の代名詞のような解りやすい安易さで、表現もまたそんな身近な比喩に親しく豊かにゆっくり実っている生活生命派的な経験譚の、そんな作法と呼べばそうなるという類の、実らない果実の木のような詩想のそれを感じていた。詩で表現する共感、共通言語、言葉こそが価値の拠り所であった独自性のそれ。

現代詩という言葉の持つニュアンスや意味あいや思いから遥かに遠かった時代で、詩がもつ言葉の価値をこそが批評であるという風土が生まれない稀有な土地柄でもあったから余計であった。無論それなりの自負心はもっていたのだが。反応の無さに苛ってもいたようだ。私の詩的営為。無関心といっていい他所もの扱いの感情の風土にである。

「風は言葉では語りえないことをめぐる体験である」は博物学者ライアル・ワトソンの言葉であるがこの一語がいつも心の水面に深い。体験は経験である。

静かな湖面に波風が立った、見えない波と風が手を取りあって発っていった。

起きたのはこの投稿した一篇が「入選」としてとりあげられたからである。選者は鮎川信夫であった、からよけいであった。私は小躍りし意気揚々と心は途方もなく弾んで高かった。溢れる想いの行き処。それを何に例えればいいのであろう。

なんども紙面を波紋のように見つめなおしては、爽快な気分のその波に酔った。私はそれをどんなしたり顔で外部に彼方に、詩の世界にむかって悦に入っていたろうか。人にはそれがどう映っていたのであろう。鮎川信夫に選ばれた、というそのことの興奮と高揚であった。

生れて初めての詩的経験で詩的高揚であった。無邪気にこの幸運を驚いて喜んだ。

彼我考

うつむいて
あなたも一人
しんしんと
紫陽花の匂いへこもる
つれそって
恨みの高さまで
みちてくる
枯野は淋しいか
草いきれの
おもいがつづく
手折った
こころへの　花のこり
露の穂先でみた
夢の夢

ああ
果てしなさとはひとつの深さ
連れそって
いつしか
彼我もまた
ひとひらひとひら
こぼれる
崖だ

「詩的感動とは」

よい詩とはどういう詩か。普通、私たちが「これはよい詩である」というとき、それをよいと判断するいくつかの理由が挙げられる。

たとえば、比喩が新鮮であるとか、音の配置が巧妙であるとか、イメージが独特であるとかあるいは主題に切実性があるとかいった類の言葉で、それを説明する。

しかし、一篇の詩のほんとうのよさは、そういった言葉でなかなか説明をしつくせるものではない。それに、それらはあとからの説明であるか、多くの場合、作品創造の微妙な動機にまで立入ることはできないものである。少なくとも作者の意図したところのものと、読者が享受したものとのあいだには、ある間隙があり、それを埋める言葉としては、そうした技術的な説明の用語では不充分であろう。

読者にとって一篇の詩の与える感動は、全体的なものである。それは、部分的なよさがつみ重なり大きな全体となってとかいうものでなく、むしろ、感銘を与えるはじめから大きな全体として読者を襲撃する。部分に気がつくのは、ずっと後であるといっていい。

「頭がふきとばされたような気がしたら、それが詩である。それ以外にどんな鑑別法があろうか?」と言ったのは、エミリイ・ディキソンであった。詩的感動とは、かくのごとく全身的な襲撃である。

その感動は単に精神的領域にとどまるものではなく、肉体的にある反応を起こさせる。背筋が寒くなるとか、眼から水が流れるとか、鳩尾が痛くなるとかしたら、それが詩であると言ったハウスマンのような批評家もいる。

これは、詩を読者に起こさせる直観的反応によって定義づけたものだが、形式的、あるいは技術的な定義づけよりはましかもしれない。少なくとも、よい詩は、けっして予期しうるようなものでないことは、それがアートであること以上に確かなことであるから。

＊

今月は、自然の風物にことよせて、連れそった人へのおもいをうたいながら、心の風景に深みと余韻がある川上明日夫の『彼我考』を推す。松山和子『草』風間晶『千の夕日に』恩地五郎『鳰』等も佳品であったが、表現の洗練度という点で川上作品に一籌を輸する。

の評を戴いた。身に余るではなく、詩に余る光栄であった。地方の一青年のあり触れた感慨のその詩的営為のそれであった。

この記念すべき作品を、詩集のタイトルネームにした『彼我考』を出版したのは1979年、10年後であった。

出版社は荒川洋治の主催する紫陽社からで、前年ここから詩集『邂逅』そして『愛染』を出した広部英一氏の助言と紹介でもあったのだ。詩集『邂逅』の帯コピーに「新しい国語の波」とあったその一語が、今も忘れられない。己に明する深いコピーでもあった。同郷のよしみでという古風な縁の風も吹いていたようだ。

「詩は常に純粋で新鮮な嘘であれ」は、私の生涯の座右の銘である。風は、はたして湧いたであろうか。

応募規定には、「現代詩」欄は、新しい詩の書き手を発掘し、現代詩の世界に新風を吹き込む意図のもとに創設したものです。時代を切り拓く清新なイメージに溢れた作品を期待します、とあった。

Ⅳ　広部英一のいた風景

詩人の遠出

「遠出」という作品がある。詩集『苜蓿』のなかの一篇である。

青い空には朝からアドバルーンが浮かんでいた
河川敷の草むらでは雲雀の卵が孵化を始めていた
遠い空から覗くように膝を乗り出してくる彼女がいた
穏やかな日和で水門の鉄扉は完全に開放されていた
荷物を積んだ川舟が急ぐように視界から消えていった
ぼくの人生は徒歩でいく遠出の御使いのようだ
長い随道を歩いて抜けた直後のことであった
眩しい光の中で乳飲み子を抱いた母親が
ぼくに道を尋ねたのは

（遠出）

穏かな日和である。母親にいいつけられた用事を約束のように背負っていくのである。どんなお使いであったのだろうか。もうこの世に居ない人の声なのである。むろん徒歩で訊ねていく御使いである。川べりのその遠い道のりを茫とした春の景色の中、嬉しくもあり悲しくもあるそんな、なにげない御使いという約束を無邪気な運命のように果たしに行くのである。景色には雲雀が鳴いているのである。のどかな春の日の景色の中の一服といおうか。水の流れが誘う悲しさや歓びや沢山の命が芽生えてくるであろう彼方の河原。土手の草叢を眺めながら。行く手に何が待ちうけているのか知るよしもない。春だのに無くしたものを尋ねてゆくようでもある「御使い」という名の、どこか軽い悲しさへの旅。帰れない御使いかも知れないそんな予感にみちた旅。その果てに何があるのか知る故もない。御使いという約束の声に誘われ、見えない運命という業苦を使命のように早々と背負い従揚として人の世の縁につながれてある人生。歩きとおして果たさなければならないものとは、何だったのだろうか。約束という明暗の分かれ道。トンネル（随道）がつなぐ光と闇空間、生の入口、この世からさきの世への死の入口をぬけて、常世から黄泉への遠い旅の往還がそこにある。「眩しい光の中で乳飲み子を抱いた母親が／ぼくに道を尋ねたのは」

昭和二十年七月、空爆で焦土化した福井戦災のおり眼に焼きついた若い母親の死。ゆらゆらと疎水の底に沈む赤子を背負ったままのその死者の姿こそは、生涯消えることのない初めての魂との出逢いの記憶であったといえようか。その母性への相関、慈愛にみちた景色こそが永遠にまなこに、脳裏に焼きついて詩の主題となったといえる。死の中にみる普遍の生への撞着と美。若くして死んだ母親とそこに重なるものこそがその後の詩人の命の声である。水は枢である。

どのような詩人の詩業にも必ずその詩人の生涯を占うような運命の詩の一行というものがあるものである。ならばこの「遠出」こそがそれではなかろうか。親不孝という名の贖罪を自らに主題とし背負い、生涯追慕し続けた母へのオマージュ。果てしない「御使い」という命題を自らに背負わせた人生の旅。広部英一の詩の宇宙が詩論が人格がここにはさりげなく収められており、この後の詩業にもおおきな光を照射し続けている佳品である。

　ぼくの人生は徒歩で行く御使いのようだ

この一行を読むたびに、いつもわたしはそれをうべなう言葉をもたない。この旅にいざなう声。詩人の運命とはいつだって見えない声にさそわれて徒歩で行く果てしない御使いのようなものではないかと、そういえるからである。

草上、空の人

ちょっと体の具合が悪いので会えませんと空の彼は伝えてきた／死者と言えども発熱して寝込むぐらいのことはあるらしいのだ／土手の草上で彼に会うのを愉しみにしていた僕はがっかりした／五日後にまた土手に行き僕は空の彼にその後如何《いかが》ですかと聞いた／空からの返事はなかったが雲の切れ間から初夏の日光は届いた／僕と彼の詩集が増水した川面を頁を光らせながら流れていった。

「木立ち」九十五号（二〇〇三・九・二十）に発表された広部英一氏の最期の作品である。詩品としてはこれが絶筆である。読み返してみてなんと予兆と予感に満ちた詩品であったろうか。この世への別れの挨拶がさりげなくそこにはあった。今更ながらにそれを感じる。氏と話したのは小春日和の陽ざしの居間の炬燵に入ってであった。〈ちょっと体の具合が悪いので〉と図書館を休んでおられたのである。迫ってきた「蟹と水仙の文学コンクール」についての打ち合わせであった。

あれからもう巡りめぐって五年になる。お邪魔をしたのは十一月の二十日であった。あれこれ打ち合わせを終えて帰る私をヨロヨロと柱にすがって玄関まで送りに出て来られた。オヤッと一瞬、私は、名状しがたい思いにかられた。氏はそれこそチョットと照れたように苦笑いをされ、何たいしたことはないと。その光景だけがいまも昨日のように私に濃い。それが氏との別れであった。作品発表の二ヵ月後のことである。

三日後の二十三日、県立病院に入院。この後、氏と話を交わした仲間はいない。コンクールの報告に伺った二十四日には、もう面会謝絶であった。病名すら判らぬまま、私達はただただ容態の急変に驚き静観するしか術はなかった。声も言葉も、もう失くされていたのである。二十八日に私の連絡で東京から駆けつけて来られた作家の津村節子さんとは涙を流されて、枕辺で手を取りあわれた。まだ名残りの意識はたゆたい、それが惜別の挨拶となっていた。深く永い文学への信頼のそれがゆっくり流れていた。入院からわずか一週間ばかりの事である。以来、眠りを眠り安らいで氏は逝かれたのであるとおもう。

／死者と言えども発熱して寝込むぐらいのことはあるらしいのだ／

どこかユーモアを醸す一篇の詩行を前に、人生をかぎろいえた詩人の安息とは一体何であったろうか。果たして、沈黙に勝るどのような雄弁がこの世にあると言うのであろうか。詩人の予兆とは予感とはそれを誘ってやまない直感とは。いまも読めない。こんなふうに氏は私たちの前から去って逝った。

狐川の土手を、霜月の空をおおう雲の暗さが目に痛い。この水面を映して走る命の聴こえない声、河原には薄《すすき》が時雨にうたれ、身も世もなく泣きはらしたように我が身を晒しては、地上の声を一身に訊ねていた。〈帰るべきところは何処にありや〉と。

何ごともまねき果てたるすすき哉　　芭蕉

年が開け、季節が代わればこの河原の草の上で、遥かな時空を旅して降りてくるであろう氏に会いたいものだ。その後如何ですかと。

／空からの返事はこなかったが雲の切れ間から初夏の日光は届いていた／

平成十六年五月四日午前五時五十五分　永眠。

露草まで

「露草」は、月草、蛍草、青花、鴨跖草《おうせきそう》、うつし花、帽子花などとも呼ばれていて、藍紫または白色の可憐な花を咲かしせ、夕べにはそっと萎んでゆく。ツユクサ科の一年草である。

早朝、狐川のほとりを歩く。傍らの雑草の群れの中に小さな茎を地面から斜めに伸ばし分岐してそっと整えている露草。竹に似た二列互生の葉をひっそりとつけ、声の露をつけて光っている。この小さな花がその全身で何と健気にも多くの人のあはれの想いや声を代弁していることだろう。咲くことの意味と、その傍らにある静謐。

古くからこの花で布に色付けして染めたことから、付きくさの古名で、月にも掛かる掛詞の「月草」と呼ばれたようである。「万葉集」や「古今集」にでてくる和歌もみな月草の表記である。よく見ると蛤の姿勢《かたち》の小さな青い花で、朝露を集め本当に露草の名がよく似合う。その清楚な儚さやあはれのそれもまた、たなごころに誘う花である。

送り梅雨や走り梅雨の低い空の下、野道や川縁の湿地を散歩する足元にも季節の想いを誘う。〈月草に衣は摺らむ朝露にぬれての後はうつろひぬとも〉―柿本人麻呂―とうたわれてあり、月草の語源とも云われている。
「朝咲き夕は消ぬる月草の消ぬべき恋も我はするかも」醒めてゆく人の一夜の心のうつろいが花に例えてそこに流れている。そんな川縁を歩いている。

いつの時代にあっても「世の中の人の心の月草のうつろいやすき色にぞありける」(古今和歌集)のように、人の世の無常を花に例えての嘆き。心の迷路に深く鎮めて文学としての普遍性とともに踏襲され、たとえて久しく現代を生き続けているのである。露草の深い色は、遥かな時空を超え現代の眼に生きて、時に心の水に鮮やかである。

詩人広部英一の小品に「露草まで」がある。ふっとそれが脳裏に浮かんだ。

露草を小声で／ツユグサ／ツユグサと／濁って呼んだ／濁ることで生きることに／または死ぬことに道端で／突っ立ったまま耐えていた／小声で濁って低く呼ぶたびに／体から抜け出した自分の魂は／後姿を見せながら／足元の露草までの／遥かな道のりを／勢いをつけて飛んだ／あれが自分なのだろうか／さらにツユグサツユグサと／露草を小声で／何度も呼んだ

人生という人の道の傍らにも月草を映して咲いている人がいる。心をじっと澄ます。むろんツユクサである。ツユグサと濁って呼ぶところに詩人の目がある。人生に添う喩《ゆ》がある。澄んで美しく飾らない。「露草まで」はそのような想いを読んで心に痛い。濁ることは生きることであると詩人は言った。染まらない魂なんてあるのだろうか。静かに耐えて見る人のツユクサを聴いている。あわれや儚さの彼方にきょうは月草が咲いている。露草が咲いている。〈遥かな道のりを／勢いをつけて飛んだ〉と。

日がな人への想いに流れて一日が暮れた。やがて掌《てのひら》に月が昇ってくる。掌の月草が少し揺れる。あの方が来たようだ。風に揺れる月の中を夜の雲が流れてゆく。ツユグサと呼んでみた。

V　花と人と草のある風景

心の足元に静かに香る「侘助」

見えない風の穂先で、そっと掃いたようなそこにある幽《かす》か。景色の深い一服に支えられこの季節の椿の花の、音もなく開ききった艶やかさが忘れられない。死と隣りあわせの生の華やぎをそこに見るからだろうか。椿は花首のまま、それこそ見事な潔さで、さっぱりとこの世から決別する。形あるものの一瞬の悲鳴が聞こえてきそうで、ふっと耳をこらす。そう、いつかの日の形あるものの滅びの声のその赤裸々がとてもいい。隠さずに晒されて在る姿もどこかうら淋しい。隠してこそ見えてくる姿や形があるだろうに。

人を空と思う日。そんな花の暗闇に「侘助」が咲いている。花には似合わない名前である。名づけられた悲しみがそのまま、この花の運命に、うすく浮かんでいるようで、心に深い。

花の由来は、秀吉の朝鮮出兵の折り、かの地から持ち帰った花を、茶人侘助（笠原宗全）がこよなく愛でたからとか。千利休の下男、侘助が育てたからとか、さまざまな説がある。

唐椿の一種で一重の少輪。ほかの椿とくらべてその開ききらない花弁が特徴。庭の片隅に、七、八分ほどのこらえようで慎ましく咲いている。その二分三分の名残の風情や趣が茶の湯の精神の、侘びと数寄に通じ茶花としても好まれている。花色は白と紅。白侘助、紅侘助、数奇屋侘助、小蝶侘助ら数種ある。

人の心の傍らにいつもひっそりと、もの問いたげにこらえて咲いている。花言葉は、「控えめ」。葉は細めにできており一、二歩さがって咲き、他の花をひきたてるとある。もう、そのような人も空も見えなくなって久しい。儚さのどこか漂うそれだけで、人間の香りのする好ましさ。そんな心延《ば》えと上品な日本人の礼は、どこへ行ったのだろう。

俳人高浜虚子の句にもある「侘び助や障子の内の話し声」は、おもわず一緒に耳そばだててしまう花の姿と人の姿、その控えめな風情がどこか微笑ましい。

井伏鱒二の短篇「侘助」は、ついに人をたてることで一生を過ごした流人の話。花の色はでてこないが、作品そのものが一つの喩えであったことに読後、気がつく。

杉本苑子の短篇「わびすけ」は、自死をもってわが子の身代わりになる武士の話であった。その報われない、心情と至福の悲しさ。

瀬戸内寂聴の短篇「侘助」は、出征兵士の妻の束の間の、切ないときめきと諦め。

この花を素材にした作品を二、三、訊《たず》ねてみた。

日本的な美意識の中の遠い何か。形や式や情緒のそれら、欠けていることで整うもの。句や詩や小説。文学の中の多彩な、うつろいやあわれの感情と共に。ひっそりと心の足元にいつでも、静かに香っている花。侘助。

人間の持つ、わびしさやさびしさの満たされない感情を認めることから茶の道の「侘び」や「寂び」は始まったのだ。風が吹いて名もなく揺れて、心に宙をわかせた花や人のあわれは、何処へいったのだろう。

面影草

一重の桜の花が散り終わって、時の滴りを風が静かに運んでいく。あちこちの宴のあとのほそい名残。桜の散りようとは、またどこか違うなと、そっと風を引き受ける。

花房がぼってりとおおぶりで、優雅さからは遠い八重桜の花。その下を歩けば、こんなに懸命に咲いているのにと花の悲鳴が聞こえてきそうだ。桜の花のもつ儚さやあわれとは対照的にこの花には春が深い。浅さとは儚さなのである。

浅い春に咲く花と深い春に咲く花。本当は花はただそこに咲いているだけなのだと思う。見るものの、目の差別や想いの差別、その両方がそこには薄く流れているようである。色も艶もそうである。

いにしへの　ならのみやこの　やえざくら　けふここのへに　にほひぬるかな

詞華集にあり、百人一首にも謳われてある伊勢大輔のこの歌は、むろん奈良の八重桜をさしている。春が深くなって、この花を見るときの喪失感もまた、一重の桜花があってこそのものなのだろうか。

八重桜の下にたって、ふっとそれを思う。風に吹かれ枝から離れていくさまに。一重の桜の散りぐあいも八重の桜の散って行くさまもひとひらひとひら散る花の意志にかわりはない。ただ寡黙に花は自らの見えない崖を散っている。無数に晒され吹き寄せられる魂のようにそこに舞っている。

ねがわくば花のしたにて春死なんそのきさらぎの望月の頃　　西行法師

狐川の土手の桜もすっかり散った。葉桜の道を歩いてみる。緑が香る季節の水辺にいま山吹きの花が咲いている。身をのりだすように己を映して、風にそよいでいるのを見ると鏡草の名もうなずける。面影草という名もある。

山吹は、山振とも当てる。その名のように風に軽い花である。己を白く映して生きるのは難しい。他人が生きる鏡だからであろうか。私を映す人も発《た》って行った。

鏡に映るのは、単に空を渡る、雲や鳥や花だけではあるまい。目に見えないものをこそ映して、そっとそこに流してやる。人の見る眼の溢れてある、あはれ。ともに。

「見る」とは呪術である。見ると守るは同根語であるからだろう。見ることによって対象をはずし、見ることによって対象を知る（治める有する）のである。見守るのである。

いま、狐川の水辺の時空を、遥かに巡る想いを連れて、たまさかにその想いの岸辺では、その方に会うことがある。〈見えないものをみてますか〉。と声をかけてくれる。私を水のように洗っては映してくれたその水鏡に、はいっと返事をしている。

七重八重花は咲けども山吹の実の一つだになきぞかなしき

兼明親王

それから私は、その方の百喩《ゆ》をくちに乗せる。

彼岸花

土手の草叢《くさむら》に彼岸花が咲いている。狐川のこの季節、初秋から晩秋へと季節を急ぐように、空への薄い小径が雲の傍らにみえるようだ。岸辺を涼やかに風も渡ってゆく。一瞬の静寂が空と水の流れを継ぐように細い糸のような永遠を映しだしている。その橋をいま誰かが渡ってゆく。

秋の香りを急ぐその土手に降りてこの彼岸花を赤く染めた理由など呆けたように考えている。美しいが何処かスッキリと痛い花である。風に揺れることの似合わない不幸。風に揺れることをどこかで拒んでいるように見うけられる。その揺れるという花の意味と風情に媚びない。許しを乞わず凛として空に向かい、まっすぐ立っていることのそれ自体が理由になる。この花には美しい空へまっすぐに咲くわけがある。

つきぬけて天上の紺　曼珠沙華　　誓子

人間は立っていることに理由を探す。自然の傍らで自然になるように短い人生という季節を咲いてその最中にいる。季節をめぐりめぐっている生死のその生命を揺れているのだ。喜びや悲しみを揺れているのである。

彼岸花には花であることや、花でないことの理由などない。ただそこにあり咲いているだけなのだから。生命のみえない震えのように。一群れ一群れ群がり競うように当たり一面を赤く染め咲いている。魂の傍らの空地を染めて。

彼岸の頃とこの花時が重なる彼岸花。びっしりとあたりを埋め尽くして、そこに魂を呼び寄せているようだ。サンスクリット語では曼珠沙華。天上界に咲く赤い花という意味である。秋の彼岸にふさわしい花である。

死人花、幽霊花、捨て子花、さんまい花、狐花、葬式花、天蓋《てんがい》花など、どこか浮世離れした名をいくつも持っている。それぞれが空へ燃えあがるように眼《まなざし》を上げ、凛と残酷な呼称に堪えて。

曼珠沙華あれば必ず鞭うたれ　　　　虚子

彼岸花の球根は豊富なでんぷん粉を蓄えていて、そのためはるか昔には、祖先が飢餓のときの救荒《きゅうこう》食にしたようである。一方この球根には毒性もあり土葬の時代、その毒性を利用し墓地に植えてねずみやもぐら等の外敵から墓や魂を守ったとも云われている。

秋分の日は、いうまでもなく昼夜の時が等しい。太陽がまっすぐに西の岸辺へ没する。「彼岸」はあきらかに、生死の海を渡って悟りの岸へ、その彼岸へ到るの意で仏教用語でもある。

彼岸という言葉が定着したのは浄土信仰が興隆した平安中期である。弥陀《みだ》がいる浄土は死者の魂の往くところであり、霊魂の家郷であるという教えの祖霊信仰と結びついたからであろう。仏教行事としてきょうにある「彼岸」。先祖をうやまい、亡くなった人を偲ぶ日のこのいちにちは、誰もが寡黙に魂を洗っていて美しい。

狐川の草叢のススキに風も揺れて、彼岸花が咲いている。かつて父祖がいだいた彼岸のイメージはいま、水のように現代の岸辺に伝承されている。「秋分の日」は魂の安息日。

花をたむけて、この岸辺に立つ。すると遥かな雲を分けて帰ってくる人の声に出会うことがある。見あげれば空／どこか遠い思いの果て／ススキの原にそっと隠れて／僕は／コーンと／啼《な》いた。

まんじゅさげ蘭に類ひて狐啼く　　蕪村

柊の花

一本の木のかたわらに春が佇んでいる。椿《つばき》と読む。一本の木のかたわらに夏がいる。榎《えのき》と読む。一本の木のかたわらに秋がいる。楸《ひさぎ》と読む。一本の木のかたわらにて待つ思いのそれぞれ。そして今は冬。一本の木のかたわらに立ってかじかむ思い。柊《ひいらぎ》と読む。

雨が時雨にかわり、北陸の冬の訪れ。海には波の花が崖に咲き乱れている。轟々と飛沫を浴び、この暗い波間にカモメが潮の香りを低く運んでいる。暗く人を呼ぶような声に似せて、言霊が空に地に海にひびきあい冬の到来である。そこでは死者も生者もたしかに遊んでいるのだろう。

柊はそんな季節に咲く花である。雄株と雌株があり幹は人間のように直立して沢山の思いに乱れた枝を空にわける。ちぢに乱れた思いをその風の枝先に誘うように。葉は卵形でふちに棘のようなギザギザ。葉の腕に、それこそ幽《かす》かな香りのある白い可憐な花を咲かせるのである。柊はそんな花である。

この花は二月に親しい。古代から柊の葉の棘が鬼を祓うとされていて、節分の魔除けに使われている。門前にこれをかけ、鬼を追い払ったそうである。そのとき鰯《いわし》の頭もいっしょに掛け、かぐ鼻という鬼を追い払ったとも言われている。「鰯の頭も信心から」の語源である。

「古事記」でも大和武尊《やまとたけるのみこと》が東征のおりに景行天皇から「比比羅木《ひひらぎ》の八尋《やひろ》の矛《ほこ》」を、賜ったと記されてあるが、これは柊で作った邪霊（鬼）を鎮めるための儀礼の用具であったという。柊はそんな古代の神の花。遠い歴史のかなたを呼んでやまない花である。

この花の名の由来は、葉の棘に触るとヒリヒリと走る痛みから「ヒヒラギ（疼木）」あるいは「ハイラキ（葉苛木）」からきたとされている。「疼」「苛」の字はひりひりと痛むことを表すものである。こうして鬼（厄）を追い祓ったのであろう。この小さな花の、ひかえめな優しさの葉裏に秘められてある魂と祈り。その寡黙な美しさや厳しさ。

どこかでまた激しく雷が鳴っている。この声もまた神のよりしろか。古代からの声の便り、雪起しであろう。あなどってはいけないものの前触れ。それもひとつの天地の声のようすが。それぞれに魂をめぐらしているものの意思のあわれ。思いを掃いて人間のかたわらに咲くこの季節の名もない花々をいまに思う。

冬のひは木草のこさぬ霜の色を
はがへぬ枝の花ぞまがふる
拾遺愚草　定家

見えるもの見えないものの気配を集めて時が流れてゆく。柊は日本人がいにしえより祈りを込めて神事に託した霊力をもった花であった。

私のかたわらに冬がきてそっと凍えて咲いている。さっきからその木のかたわらにひっそり佇んでいるものがいる。神と人間の領分を分け、そこに立っている木。そこが死者と生者の国境である。花の香りが幽かに揺らぐ。

なずなの花

狐川の川面を染めて白く霧がはりだしている。真っ白な不思議の真ん中、句点、読点のようにこの岸辺を散策している。湿りをおびた冷気が私の全身をすっぽり濡らし、早い朝の感慨が静かに川向うから身体に入り込んでくる。まだ草や木々も眠っているようだ。不意に霧の中からヘッドライトを点けた車がせりだしてくる。

弥生三月、北国の春の到来を最初に感じるものはやはり光の暖かさであろうか。気持ちの何処かで季節のはなやぎを迎えるように霧の晴れ間を待っている。何処からともなくうすら明るく射してくる「春浅し」。

「春浅し」は立春からまだ日の浅いころの感じ方を表す言葉で、それこそ私の行方を占っているようである。

霧の中でふっと英国の詩人ブラウニングの詩の一節が口をついた。

「時は春、／陽は朝《あした》、／朝は七時、／片岡に露みちて、／揚雲雀《あげひばり》なのりいで、／蝸牛《かたつむり》枝に這ひ、／神そらに知ろしめす。／すべて世は事もなし。」

そう、すべて世は事もなし。この白い風景の霧の中ではそう嘯《うそぶ》いているようだ。霧の中ではすべてが無言である。白い無言《しじま》の向こうから沈黙に勝るどのような雄弁があろうか、とそんな声もふっと聴こえてくるようだ。

足元の岸辺の土手になずなの花を見つける。身近な親しさである。むろん春の七草のひとつで、三寒四温の日々、霧が立ち春霞《はるかすみ》がもやる頃、株元から薹《とう》立ちして小帽子をかぶせたような白い小さな花をつけ、群れて咲くのである。が今はまだ疎《まば》ら。この霧の中、遠い時を遡る私の思惟をそっと促してくれる。

なずなの語源にはいくつかの説があるようだ。「愛すべき菜」や、「撫《な》で菜」などに由来するもの。また密生するところから「眼に馴染む葉」とも云われる。古くから食用にされ、天皇の食卓にも度々のぼる程であったという。また民間薬としても重宝がられたようだ。

春霞がもやるころに路や土手の傍らに咲き、何気なく見過ごしてしまうその控えめな姿勢が野の草花として好ましい。俗名「貧乏草」「ペンペン草」等とも呼ばれている。荒れ果てた家屋敷の凋落《ちょうらく》の例えにされるつつましさや、果実が三味線のバチに見立てられた響きの悲しさ。

すべて生命は名前を持った時から淋しい呼称に吹かれている。もののあはれである。

君がため　夜ごとにつめる　七草の　なずなの花を　みてしのびばせ

（源俊頼）

『枕草子』草はの段にも一緒にくくられ、いとおかしとある草の花。なずなの遠い来歴を想う。白い霧の中の一瞬と永遠の邂逅。王朝人の吐息がこの川岸をひっそりと往還し、風をふるまっているようなそんな霧の朝。

卯の花くだし

卯の花は、ユキノシタ科の落葉低木、ウツギ（空木）の別名で、空木の花、卯の花垣、花卯木。五月から七月にかけて枝の先に白い鐘形の五弁花が多数群がっているように咲く。緑の濃い色立ちを際立たせ木立ちの片傍に涼やかに咲いている。緑が一心に己れの思いを込めているような傍らの静謐。その花垣の闇の向こうにいる。つかのま風が舞ったようだ。音もなく揺れているのでそれとわかる。見えない人がきたようだ。

「枕草子」には、ほととぎすは「卯の花、花橘などに宿りして、はたかくれたるも、ねたげなる心ばへなり」とこの花に身をかくすものの気配を捉えている。いつまでも来ぬ人を待つわが身を省みての思いをそこに掛けて。この鳥が鳴くと初夏、卯の花の咲く季節。生者が死者をともなって静かに空を巡る。この花垣の向こうにも思いの羽根を花橘の匂いをそっと付けて。

「なく声をえやは忍ばぬほととぎす初卯の花のかげにかくれて」（柿本人麻呂）とこの花陰を踏まえている。風情を誘うことわりであろうか。幹の真中に空を持っている樹。空木（うつぎ）と云いえて妙である。人も心の中心に空を持っている。空しいと虚しいとが、それに掛けてあるようである。陰暦の卯月に咲くことから卯の花とも云われているのだが。古くから「万葉集」や「古今和歌集」に詠まれている初夏を代表する身近で親しい花である。

卯の花はまだ咲きませんがと隣席で彼はささやいた
ワンマンカーに乗って山峡の停留所まで僕は行くつもりでいた
見知らぬ彼は風呂敷包みを膝のうえに大事そうに置いていた
ホトトギスは鳴いていますがと隣席の彼は再度ささやいた
彼は風呂敷包みに両手を添えたまま、またささやいた。
卯の花は咲きませんが、チチハハは鳴いていますが
彼の機嫌を損ねては失礼なので僕は途中下車した

「卯の花」広部英一

のどかな田園の風景を一台のバスが走る。この地上の何処にもありそうでない風景の中を。見えるものと見えないものを連れての旅である。花を添えて山の峠の向こうの世界へこちらの世界から渡ってゆくのである。乗り合いバスで。傍らの彼はむろん見えない人。チチハハの魂を訊ねての旅である。花垣の向こうに隠れているものをそっと心に起こしての旅。かそけきものをこらえて喜びや哀しみを

そこではひっそりと耕して、初夏の季節の途中を往還する。魂の内部と外部の旅。古典と現代が静かにここで交錯している。移り逝く自然を景物として事象に感情をかさね自然に帰入して自然と一体化しようとする。伝統的な抒情の手法と精神がきれいな言葉でここにある。

卯の花の咲く季節にはふっとこの一篇の詩を思い出す。あの方は今どの辺りを旅しているのだろうか。庭の、ほらすぐそこ、生垣の向こうのアジアの軽い風に吹かれて。それとも雲の流れる空の生垣の向こうだろうか。その辺りにたしかに隠れておられるようなのだが。卯の花腐しも、もう始まっているようだ。

夏草

名前を付けられたときからすべてのものには悲しみが生まれる。夏草とはどんな草花をいったのであろう。生死を併せ持ったすべてのものたち。いまは盛りと野に咲き乱れるその名も無い草花たちの悲喜を思う。風さえ額に汗して。

「夏草」。夏に咲くものたちのあはれの「総称」。俳句の季語。なつくさ。炎天に影法師までが空へ燃え上がりそうな一日、草いきれの狐川を歩いた。いまは盛りの彼岸へのびる途のかたわら。地上から天上へと遥かな途が白い。見えるもの見えないもの。喜びや悲しみが雲のように湧いているあの空のほとりで、風や鳥のように俯瞰していたい。

夏草や兵共が夢の跡　　芭蕉

夏草といえば、言うまでもない芭蕉の「おくのほそ道」のこの句を思う。いまはもう歴史の栄華と荒廃のその名残。人影も無い廃墟の跡。平泉の地。その心の悲鳴に、そっと耳をそばだててやる。芭蕉の人生の傍らにそうして立たずんでは吹いてゆくかそけきものたちの声、時の流れの有情。

この句はむろん杜甫の「国破れて山河あり、城春にして草木深し」を下敷きにしているのであるが、盛りのあとの衰弱や草いきれにみる日本的心情が情念がここではこまやかにひたひたと浸してくる。その凛としたあわれのある余情の深い句となった。日本人独特の廃墟への感性といえようか。あわれが吹いている。

この夏、狐川に渡る濃い空。背の高い夏。もの言わぬ夏草たちの駆けるまなざしで空への茂る思いが揺れていた。風のしぐさでそれと分かる。

マツヨイグサ、ヤブガラシ、オダマキ、ヘクソカズラ、ハンゲショウ、ツユクサ、ミゾソバ、等々、草々の声。名もない死者や生者の茂れる命を軽やかに彼方へ開いてやる。


深草の露のよすがをちぎりにて里をばかれず秋は来にけり　　新古今

夏草。そういえば、京都、山城の国 深草のこの地にも夏草の茂る土地の謂れと寂寥の深さを思わせるものがあると誰かが言っていたが。深草山は枕詞なのである。この山は古来から魂の鎮もるところ。宿る処と心の埋葬地でもあったのである。そのダブルイメージとして夢を茂ったまほろば、移ろい逝くものへのあわれ、夏から秋への手渡しの幽かが、そこには仄かに見えていた。

夏草はまた古歌にも多く詠われ「夏草の」といえば、深く、茂《も》く、刈る、萎え、などの枕詞でもあったのである。

夏草は茂りにけれどほととぎすなどわがやどに一声もせぬ　新古今

古代中国では、春は蒼帝（木の神）夏は炎帝（火の帝）秋は白帝（金の帝）冬は玄帝（水の神）の神々が四季をつかさどっていたとの言伝えもあるらしいが。この夏、狐川を流れる夏草の、歴史の一瞬と永遠には、この炎帝がよく似あうようである。

ほら、蜉蝣がいまひっそりこの世の川を渡っていった。

萩の寺、心の隣

萩の寺と言われている「瑞源寺」では、今を盛りと萩が風に遊び揺れている。その命の戦《そよ》ぎと香りが季節を高く映し、儚さを輝かせている。

境内に続くその細い草の途を歩く。両側から萩の花に包まれるようでなんとも心地よい。見えない空の手が静かに降りてきて肩に触れるような手触りである。萩の花のそのしなやかな腕の中にあるそんな至福の香り。この寺の不思議な静寂の水面に、心が読まれるようで、私は暫《しば》しそこに佇んでいた。

参道の両側に咲く萩は二百株以上もあり見事である。約十種類以上の萩があるというが、私に分かるのはヤマハギくらいである。紅紫の花びらが蝶の形をしていて、さながら花の波間を飛び交っているようで可憐である。心の隣の揺れる妖かし。

瑞源寺は、越の大徳と呼ばれた泰澄大師が、鯖江の地、吉江に創建したものを、延宝二年に第五代福井藩主松平昌親公が現在のこの地に移し、松平家菩提《ぼだい》所の一つとして今にあるものである。本尊は十一面観世音菩薩で拝領の寺宝として大切に伝えられている古刹《こさつ》である。

秋の七草の一つに詠われてきた萩は、日本人の歌心の真ん中にいつもあり、秋を代表する花である。

命あるものの衰えや、散りゆくものらの声のさざめきが満ちる秋はどこかうら悲しい。その散る侘しさにゆだねる花語への思い。決して派手な花でなく、むしろ控えめにあることで、余情を心しずかに騒がせてやまない。

萩は、万葉集では、最多の一四〇数首に詠われ王朝歌人の心のよすがにあった花。毎年古い株から新しい芽がでることから「芽子」「生え芽」と呼ばれ、それが変化してはぎとなったとある。

芽子の花咲きたる野辺に晩蜩の鳴くなるなへに秋の風吹く　作者不詳

草冠に秋。萩を花に例えるか草に例えるか、遥かな時空を超えて、めくるめく命あるものの、その声の戦ぎを、愛でるに変わりはない。命は一つの宇宙。花でもあり草でもあるのだから。

秋の花の草の海に溺れるように、一期一会の想いが空を渡る。その小道をそっと鳥の目で確かめる。永遠と一瞬の出会う場所に、幽《かす》かな萩の生死の分かれ道が見えた。萩は邂逅の花。その想いをそっと忍ばせてやる。

涼しい風が腰かける石がある　山頭火

山門の傍らに小さな木札がかけてあった。

今、この秋の心音の隣に、静かに吹いて行くものがある。私の隣にひっそり一休みしているものだ。

時雨と薄

眼の岸辺を薄《すすき》の穂が、小波のように洗っている。風にそよいでいる銀色の刻が、この川縁《かわべり》の季節を小声でそっと鎮めるように流れている。それが今日はとても好ましい。

冬が来るというのに、薄の穂が枯れ尽くしもせず重く垂れていて、花穂の姿もまたそのように重い。どこか遠い記憶の岸辺では、見えないものを静かに手招きする声がする。揺れているのは風のせいだけではない。この薄や蘆《あし》の小枝にとまってブランコのように吹かれている寒雀のその邪気。遊び心のような風情が寄り添っているそこで。

朽ちもせぬその名ばかりをとどめおきて枯野の薄かたみにぞみる　新古今

ゆらゆらとそれこそ景色をあやなすこの深閑とした思い。眼を閉じればセピア色の淡白な世界。薄や蘆の群生しているそこだけが、取り残され忘れ去られているような世界の一瞬。そんな荒涼とした中にある揺れが好きだ。

薄の原のまん中に寝転んで低い空を見あげていると、スースーとこの荒地を通りすぎてゆく文章の一行の風。時空をこえ時雨の空を急いでいる人の姿も、時おり見えてくる。とても薄いハンカチのような一瞬の思い出だが、包みきれないこの冬の光景の、何気ない一服がいい。

王朝人はこの季節、雲の庇《ひさし》の下、「刻」の向こうの板屋で、どのような鎮める思いにその身体を預けていたのだろうか。そっと凍える雨の親しさ。はやる心音でそれを聴いている。時雨の心象風景を表すものに「袖の時雨」と言う美しい言葉がある。

わが袖にまだき時雨の降りぬるは君が心に秋や来ぬらむ　　古今集

〈あなたのこころの秋の果てに、冬の入り口が見えます。そこに私はたたずみ、涙の乾くまもない思いをひっそり彼方へ流しているのです。傷みを袖で拭うのです〉

時雨は涙なのである。淋しさや傷みへのそれこそ尽きぬ思い。そのいっときの仮初めの、そのことなのである。むろん懸かり詞である。

あわれやはかなさ。自然が仏教的な無常観と常に相通じ、人間の魂や思いへの空虚や季節の移ろいを同じものとして考えられた時代に、そこにも生きる縁《よすが》として伺えるどのような諦念があったのだろう。土のある生活を離れ、歌心さえも景物とした、当時の王朝人にとってのその嗜みとは。

いまはとてわが身時雨にふりぬればことのはさへにうつろひにけり　古今集

この狐川の川縁にも、秋の果ての冬がそっと静かに息をひそめている。その入り口には名もない歌人もいて、朝夕この畔《ほとり》を行き来している。時雨の音に心を集めていれば、たまに会うことがある。冬の訪れなのである。

かへる（帰・鹿蒜）村へ

「月日は百代の過客《かかく》にして、行き交う年も又旅人也。舟の上に生涯をうかべ、馬の口とらへて老いをむかふるものは、日々旅にして旅を栖《すみか》とす。古人も多く旅に死せるあり。」（一）

芭蕉の「おくのほそ道」をCDで聴いている。耳に滑りのいい朗読で思いの走りがいい。名文だからであろう。古語が親しい。心許して空を仰ぎ、鷹揚《おうよう》な雲の流れを思う。

「漸《ようやく》　白根が嶽《だけ》かくれて、比那が嶽あらはる。あさむづの橋を渡りて、玉江の芦《あし》は穂にでにけり。鶯《うぐいす》の関を過ぎて、湯尾峠《ゆのおとうげ》を越ゆれば燧《ひうち》が城、かへる山に初雁《はつかり》を聞きて、十四日の夕暮、つるがの津に宿をもとむ。」（四七）

この「おくのほそ道」の紀行の中に北陸道にそって記されている、かへる山とは。

今はもう人も通らない湯尾峠から訊《たず》ねてみた。この地で芭蕉は、〈月に名を　包みかねてや　いもの神〉と詠《うた》っている。峠の頂上には孫嫡子神社が奉られてあった。草深い峠を下りて今庄の宿場に向かった。

宿場町は、その佇《たたず》まいの中に懐かしい「刻《とき》」がゆっくり流れていて、一軒一軒その暮らしの庇《ひさし》の暗闇の深さに、命がしなやかな身のこなしで歴史の居住まいをそっとまとっていた。

わたしはそれを街道に聴いていた。燧が城、藤倉山の周辺はカタクリの群生地だと地元の古老が話してくれたが、その季節はもう終わっていた。

一日、この街道を訊ねた。町外れに「右・京・つるか・わかさ」とある石の道標。右に折れ北国道山中峠へ。芭蕉が歩いたのは秋の暮れの初雁がこの山脈を渡る頃であった。福井の俳人、等裁の手引によってである。ぼうぼうと秋吹く風の入り口を抜け、鳥になって一面の野を行く二人を思う。街道にそって風になってみる。今も変わらず日野川に注いでいる川、鹿蒜《かえる》川の流れがそこにあった。道は東西に走り、低い山脈がそれを囲むように最初の小さな村にでた。

かへるやまありとはきけど春霞たちわかれなばこひしかるべし（古今和歌集三七〇）

古今や万葉の詩歌にもかずかず詠われていたかへる（帰・鹿蒜）。そこがあの歌枕の里であるという。野の花などを手に風の旅を思った。帰るに懸けた往時の人々の悲喜が吹いてゆくような、静けさの中の村。その入り口に式内鹿蒜神社があった。「延喜式神名帳」にも記載された古代の社である。奈良時代には鹿蒜郷の宿駅がおかれた地であるという。

今は「帰（南今庄）」「下新道」「上新道」「大桐」「二つ屋」等の集落一帯を鹿蒜の郷と呼ぶようだ。北陸道は万葉の道でもあったのだ。

何時《いつ》の世も人々の心のようすが吹いている街道のその地を、往還する見えない風や水のささめきがあった。ひっそりと古代から現代へと歌の羽に載せこの街道をも渡っていくようだった。

万葉の歌人、大伴家持は（七四六年）越中への道中、越前国守として赴任した父藤原為時にともない紫式部もこの街道を通った（九九六年）。

ふるさとにかへるの山のそれならば心やゆくとゆきも見てまし（紫式部集第二七番）

遥かな時空を超えて（一六八九年）俳聖松尾芭蕉も又この街道を越えて行ったのだ。

どこかで山鶯が鳴いていた。

VI

則武三雄のいた風景

詩人、則武三雄と白石

身を乗りだすような温かさと寂しさに包まれ韓国を旅した。かつて、そこに朝鮮という名の国があった。

則武三雄は私の恩師であり風景である。青春期の十七年間、彼の地にあったお人であった。昭和十五年九月からの二ヶ月間、鴨緑江を詩人三好達治と一緒に気の遠くなるような旅をされた。その出会いこそが生涯、三好達治を師として心の傍らにおいて生きた全てであった。表現者としての無名性をこそ誇ることなく、訥々と人生を生きた詩人であった。日本統治時代、この異郷で文学を友としてなにより詩を書いた。人間を愛し信頼し敬意をもってこの地の文学を生きたお人であったと云っていい。そう想う。思いたい。戦後の生きざまを伺えばさらにそう思える。

白石という一人の詩人にあった。彼の地ではすでにその才を光らせていた詩人であったようだ。むろん詩を通してであろう。現在の北朝鮮の平安北道・定州の生まれのこの詩人にどのようなきっかけで出会ったか私は知らない。この当時は北も南もない、が酒と詩と議論があれば、想いを肥やすものがあれば耕すものが頷くのである。詩人とはそういうものであろう。白石の才能に惹かれてのこと、当然のこと、だから会った。出会ったのである。

昭和十七年に安東税関に勤めていた白石に逢いに行っている。出会った場所は鴨緑江の橋の上であったという。自著、随筆集「ズイのズイのズイ」(北荘文庫)にそうある。葱を下げていた詩人。懐かしい光景であったろうそれら。遥かな時代を超えて思い出の片隅に密やかに息づいていた一服である。

白石、この詩人は福井で私たちに親しい。それはむろん則武三雄詩集「持続」(一九七〇、北荘文庫)「三雄詩集」(一九八四、北荘文庫)の中の一編「葱」を通してである。戦後二十年たって地方の名も無い詩人の手により書かれた作品の中に生きる詩人である。これらの詩集の作品の殆どが青春期のこの朝鮮時代の邂逅からのものであった。二十年過って初めてこの詩人への思い深く、詩心に触れるものへ手を伸ばしたのである。日本の名もない一つの地方。閉鎖的な文学空間からの発語、何等の評価もそして紹介されることもなくしかし書き綴られた詩稿である。

「葱」は一九七〇年初出と考えていい。それ以前の名詩集と云われている「紙の本」(一九六四、北荘文庫)にも見受けられない。則武三雄の五十三歳にしての作品であった。いつ読み返しても時代を超えてきた者だけが持つ沁みじみとした感慨の深い抒情的人生派の作品である。


葱を垂げていた白石。

白と云う姓で、石と云うは名の詩人。
僕も五十三歳になって葱を垂げてみた。
優った詩人の白石。無名の私。
はるかに二十年の歳月がながれている。
友、白石よ、生きていますか。
生きてなさいね。
白と云う姓　石は名の朝鮮の詩人

詩集「葱」

朝鮮という風土を愛し朝鮮の友人たちとの惜しみない親交から生まれたもの、困難な時代からひとつの血の通ったメッセージを受け取っていたと、そういっていい。白石のことは則武さんから聞いていた。則武さんが、かつて自著の中で紹介した詩人である。朝鮮の葱の詩人のことである。それを懐かしい眼差しの彼方へ浮かべて。

私は2014年4月、釜山からソウルへの旅をした。韓国、ソウルの大きな書店では「詩集」をさがした。そしてあった。白石の詩集があった。まさか逢えるとは思っていなかった詩人の詩集。日本では手に入らないものである。表紙には若いときの白石の写真が、初めて見る驚き、巻頭に則武さんの詩「葱」が掲げられていた。日本語で、そしてその下にハングルでも「葱」が紹介されてあった。

驚きであった。茫然と興奮したそれ以外の何ものでもなかった。私は韓国で、その昔、朝鮮といった国で則武三雄の友人「葱」の詩人に逢ったのである。詩集の末尾には写真も添えられてあった。何時も見る日本の素顔だ。

一九八七年の韓国での民主化運動以来、半世紀ぶりに再評価された白石、平安道の方言で書かれた土俗的で抒情性豊かな詩は、韓国の人々が最も愛唱する恋愛詩のひとつでありそして教科書にも掲載されているという。民族の悲劇をかこっているその厳しいイデオロギーの現実の狭間で詩人として復権した白石は七十三歳、日本では、則武さんは七十六歳であった。がこの白石のそれらを果たして則武さんは、どれだけ知っておられただろうか。一九六二年以降の北朝鮮では文筆活動の記録はないとされている。韓国嶺南大学の詩人李東洵教授の調査研究のご尽力で「白石」の詩は現代に甦ったのである。かつて則武三雄が自著「鴨緑江」の中で紹介した白眉の詩人の白石。

日本の地方詩人則武三雄と韓国を代表する詩人白石との縁《よすが》がこんな処にもあったのである。懐かしい国へ愛する異邦への架け橋と永遠の人と旅のことなど。

しろい紙です
その中にいろんな道が見える
昔、斯波に通ったという道がみえてくる

赤んぼの爪のような膚
睫毛の繊維
白い子どもが歩いてくる
朝鮮からも
支那からもあるいて来た
紙の道です

詩集「紙の本」

終戦の昭和二十年の十月に郷里の鳥取へ、が当時、三国に仮寓していた三好達治に呼ばれてその年の十二月三国へ、そして寄留、昭和二十四年三好達治が福井の地を離れた後もそのまま福井に定住し一生を終えられた。彼の地の異邦人、そして日本でも異邦人ではなかったろうか。生涯三好達治その人を生きた詩人であった。戦後福井の現代詩の父である。白石という詩人のことをその則武さんから聞いた。

身を乗りだすように空にむかって無窮花《むくげ》の花の咲く季節になった。むくげは韓国の国花である。その命の滴るようなひたむきな生きざまが好きだ。

参考資料

ふくい近代文学史の一断面「則武三雄と朝鮮」
研究紀要　渡辺喜一郎
則武三雄の朝鮮時代　研究紀要　渡辺喜一郎
「ズイのズイのズイ」　則武三雄（北荘文庫）
三国と三好達治　則武三雄（北荘文庫）
全詩抄「持続」　則武三雄（北荘文庫）
三雄詩集　則武三雄（北荘文庫）
詩集「紙の本」　則武三雄（北荘文庫）
白石詩集　（ダサンチョダン出版）

朝鮮皿と色紙と

則武さんの作品に「朝鮮皿」という詩がある。なにげなさがとてもいい作品で好きである。

ふちが二箇所程欠け
桃の絵がかいてあった
葉が二枚程、―
うすい青い地に呉須でかいた皿
それをどんなに愛しただろう
旅さきにいて、又貧しかった私が購はなかった物
幾年にもなるそれに、ふしぎに心の帰ってゆく時よ

いつ読んでも、何かしら心へと調べが還ってゆく懐かしさがあり、忘れられない一篇である。ここにある貧しさは何処へ還ってゆくのであろう、の不思議が「そっと」息ひそめている。それを眺める

贅沢さ。

則武さんから戴いた向付けがある。ゴス（呉須）の下地の皿がある。卓上にいつもおいてあり、詩の不思義である。煙草の灰皿がわりに使っておられたのを知っている。自然に。則武さんは煙草と酒、ウイスキーを欠かさなかったお人である。書斎の狭い机の上に、いつもそうして無造作に置かれて在った。朝鮮皿。記憶も茶碗の縁のようにそして欠けていく日々。

そば猪口や皿を手にするようになった。それ以来。むろん呉須のものである。何とも言えない一枚、皿に込められてある藍色のもの、皿の感触、手のひらに触る幸福感は、それを手にした者でなければ判らない、そんな何でもない感触の空が。手の中にひろがってゆくであろう空のなんでもない用の美である。青磁や白磁がある。生活雑器の向こう側に澄まし顔で置かれてある。手に取り眺めなければ判らない。贅沢さと当たり前と居心地の良さ、ついでに酒など一献と傍らにあれば更にいいのである。見て眺めて想いを食する、飲する。この、いま手にしている向付けは、そこにあるだけでも何でもない喜びである。則武さんの作品にはそんな普通の見慣れた景色を首かしげながら通り過ぎて行くものがあり、その不思議な余韻が香ってある。たぶん則武さんの詩にあるアビシニアのほとりランボーなどもちょっと気どって、ごく普通がもっている憧れと束縛されない自由のそんなごくごく普通の当りまえの奥に詩そのものの驚きが隠されてある。うかがわせるのだ。

皿を見ながらそんなことなど想い浮かべては、人生の旅先である。詩の香りなども。眺めては眺め足りないものが日々の傍らには何気なくあるものである。一篇の言葉がもつ詩なのである。

点かない
ライターのように
しめった心
しめった日　は
恋人を
求めている

三雄

そんな色紙を戴いたことがある。なにげない言葉　何気ない詩心、なにげない気持ちのさやけ。が、そこに置かれてあった。

煙草くわえて、火の点かないライターで点ける火、なんどもなんどもカチッカチッと鳴る、その音だけが耳にのこる。点かない火。煙草飲みならわかる、この遠い忌々しさと果てしなさ、まだか、まだか、の、あのいらだちだけが残る、まるで未練のように。なかなか点かなかった恋の火のように。そうだよな、窓の外に降っている雨、その湿り、そこに居ない人影がそっと傘をさしてくれるような、そんな気配と偲いが伺える。お洒落でダンディだったお人であった。きれいだったな。

とおい日に則武さんから頂いたレイモンド・チャンドラーの『長いお別れ』ロング・グッドバイ、早川書房の洒落た造本のペーパーバック、そして「高い窓」「湖水の女」か、あれが私のハードボイルドの始まりであった。探偵は言葉化する。きざな言葉で照れながらの比喩がとてもいい。あの探偵にはそんな言葉のしなやかさがあったな。感性のある孤独な探偵か、そこに雨も。なにより「詩」があった。「やさしくなくては生きている資格がない」と。

今日は朝から雨が降っている。アメリカ文学では、雨は死と再生の象徴であると。いうらしい。そういえば、サリンジャーの「ライ麦畑でつかまえて」にも、雨に打たれて幸福なきもちになる主人公の再生の予感がそこに伺えた。洗い流して行くものか、つらつらとそんな日々である。

思い出という雨にうたれて火の点かないライターのようなしみじみを浮かべる日である。

私の「旅の精神師」則武三雄　追悼

涼しく北に向けられた枕びょうぶは、白い越前和紙に彩られて、その筆力の確かさでこう書かれてあった。則武三雄の言葉に支えられて私はそれを見ていた。生け垣のドウダンつつじのかすかの染めあげた紅。風があるなと思った。薄い光に整えられた師の目蓋を閉じた端正な横顔がそこにあった。光のその静謐にみまかれて。

平成2年11月21日午前0時10分、師は食道癌で一年余りの闘病生活ののちに逝かれた。まさにその旅人の名にふさわしく。旅においきよと。声をなくされてからの本当の見えない声、聴こえない言葉の沈黙の中で、師は多くを語られ、そして多くを残されていった。最後まで清い文学の師であった。

戦後、福井詩壇の中の大いなる「遺産」はと問えば、それは地方主義を唱えて、北荘文庫を創設、多くの後進を手塩にかけ育て文学のその道を開き示してこられた「師」ご自身ではなかったろうか。そのお人柄に触れ文学を愛するものが次々に師の周辺に集い本を出版していったのである。「則武学校」といわれる所以である。詩を文学を志として集まったその面々であるのだ。私の初めての詩集『哀が鮫のように』もこの北荘文庫でだしていただいた。ここから出したかった。嬉しかった。私の詩的出発であった。

もう23年も前になる、広部英一詩集『木の舟』、それに広部英一の紹介で岡崎純詩集『重箱』もここからで、お二人の詩的出発もそれぞれにこの「北荘文庫」からなされたのである。シャイで、ダンディなお方であった。最後まで厳しく風の吹くその美意識に貫かれたお方であった。

戦後、恩師三好達治に招かれて福井の地へ。朝鮮、そして日本、山陰、北陸とその精神の旅する漂白者さながら。名詩集に数えられる『紙の本』そして『葱』、全詩集『三雄詩集』等を残されて。戦後、福井詩史の今日を語る唯一、お一人であった。

川上さん酒が飲みたいですねとニコニコされてはよく言われたな。禁酒はきつい。闘病の最中のこんな一幕もあった。お見舞いのある時の何気ない会話の中だったと想う、「点滴にもお酒を入れて欲しいものですね、ワインでも」と、そのニコニコされての一言。ああモダニズムだ、想像力だなと、つくづく実感した。そのユーモアとウィット。清冽な含羞に満ちて、凛とした無頼派であった。その詩精神。そういえば「フーテンの寅さん」がお好きであったな。いつだって『旅は散歩の思想である』と。

師よ今日はどちらまで逝かれましたか。残されてあるものたちの感情の風景をゆるしては、時雨降る季節の着流し人、師よ、私の旅の精神師、師よ彼の地の岩魚の骨酒は如何ですか。またご一緒したいものです。法名「厚実院尚文日雄居士」ありがとうございました。安らかにお眠りください。あの世で、二日酔いはいけません。

「旅」へ

則武さんから「旅」という詩画集を戴いたことがあった。画家香月泰男との詩画集で1968年版である。求龍堂出版の豪華本である。28歳だったか。川上さんこれ持って行きなさいと無造作に、その詩画集を戴いた。谷川俊太郎の「旅」という詩集は昭和42年に出ていてそれは知っていた。詩画集は43年の11月の出版である。作品、鳥羽は10篇、旅6篇・アンニュイ5篇とある。

則武さんも谷川俊太郎を読むんだ。の、そんな遠い不思議な感慨があって妙に感じ入ったものである。画家の香月泰男は捕虜でシベリヤ抑留から帰還した人で、父、哲学者の谷川徹三の友人であった縁という。その挿画にもぼうぼうとシベリアが吹いていた。寒く寂しく凍えるような挿画であった。谷川俊太郎詩集『旅』は1995年2月発行のものは、批評と対談も英訳も付した2冊組みである。その2冊組み（思潮社）も私の書架にある。「本当のことを言おうか詩人のふりはしてるが私は詩人ではない」の帯コピーがそれが谷川俊太郎ゆえ心に痛い、その印象を忘れない。が、考えるまでもなく、『20億光年の孤独』で日本の詩壇に登場してきたのも三好達治の紹介であった。則武さんが読んでいても不思議はなかった。「全集・戦後の詩、第4巻（昭和47・11）には「鳥羽」の2、4の詩が記載されている。同じ『現代詩人全集』10巻（角川文庫）の谷川俊太郎の章には「旅」は入っていない。

書架を見上げて「旅」をと思う。則武さんは私のこれからへ、どんな「旅」の想いを下さったのであろうか。遠い予感である。この詩画集をひらけば茫々とシベリアがいまも吹いてくる感じで寒い。そういえば則武さんにも『天鴎鳥』（あほうどり）という詩画集があったな。和紙で製本された表紙の詩画集であった記憶、朝鮮からも吹いてくる風にのってやってきたようだったな。「アホウドリ」か、そういえば、則武さんの通夜は、北向きの枕辺に屏風の衝立がおかれてあり直筆で衝立一杯に「ああ旅よ　そして旅よ　どこへゆく／その日は屈託もなく／日頃から　遁れる／なにがあろう／そして　なにもありはしないだろう／　ああ　どこへ／ゆくだろう」と自筆の詩が揮毫されていた。その和紙の白い空間にも「旅」という文字が翔んでいたな。直筆が踊るように、それをこそ一瞬と永遠を旅する人のようであった、旅へおいきよ　旅へ。何日かいただいた白紙の扇子の空にも「旅」の一文字がくろぐろと走っていたな。今にしてもしみじみ遠く近しいお人の思いである。

「旅とは異をたてる行為である」は哲学者で民俗者でもある山田宗睦の言葉であるが。

83歳で則武さんは逝去された。

＊恩師則武三雄を……則武さんと敬称させて戴いた。

則武三雄さんとお酒の風景

思い出といわれても、とりたてて特別にではない今さら、というそんな自然な所作が感情が、常に身近に傍らにあったということでしょうか。則武さんは朝鮮におられて、私は満州で生まれた。むろん時代の気息も気風も違うであろうが。

互いに日本を離れた地にいた。外国の風を知っていた。そして束の間、その地に住んだ。というそれだけではないもの。則武さんと私だけでしたからね、身近では。そういう日本の植民地に住んでいたというそんな遠い意識と疎外感のようなもの、気風、感覚でしょうか。外地と内地。そこ。根の無い漂流者意識のようなものの、そんな親近感がいつもあったな。雪国の土着性からくる保守性、「守る」という気質のそれらに見られないもの、カラッと乾いたもの、肝胆相照らす人柄と洒落っ気、ユーモアのある立ち位置のそれ、酒飲みの鷹揚さもあった明るい邪気の無さ、その気持よさ、いいではないか、それに違いないことであろうから。飲食する風景の気風よ、と言いたい。

そう謂えば「木立ち」の皆さんは、あまり嗜まなかったな。詩人が酒を飲まないなんて、の意外な気分と驚きと不思議のそんな思いが強かった。「宴」という様子の身仕舞や振る舞いのその賑やかしさ、己を広げて放ち、その場を高く弾ませて測る空気の自由な色。楽しかったそれら詩の空気の香り、と彼方。

この則武さんの『三雄詩集』（全詩集）に入っている「岩魚の歌」という詩があり、そこに私の名がみえ驚いて、嬉しく、すこし気恥ずかしかったそんな思いがあったな。

例えば、こんなふうに。川上明日夫からのいろいろのさそいあり、ほかに南信雄も一緒にさそい「佐々木亭」という居酒屋での一幕、は、酒飲みの思いの感嘆あい照らす一瞬、忘れられないできごとであった。贅沢、イワナの骨酒です。どんぶり茶碗に、いま、焼いたばかりの岩魚を一匹いれて、酒を注ぎその大きなどんぶり碗の回し飲みです。これには岩魚の香りと、そして酒気と歓喜を食むたがいの想いがなみなみと満ちてあるんだな、一瞬の美味という幸福感、豊満な贅沢さである。まわし飲みし干して、酔う、意気投合です。心意気にも話にも静かに弾んで「詩」が涌いてそこにあった。そんな一時の邪気のない酒、文学のあるそんな詩酒が忘れられない。遠い、なつかしい一瞬であった。小さな酒場に皆さん、話の花が咲いて、それはご機嫌であった。則武さんはこんな空気を大切にされていた。ニコニコと何時もそんな眺めの風景があった。仲間の忘年会では酔われるとよく「ワカメの唄」を、（ワカメは若い女、越前の海の和布《ワカメ》に掛けてある）歌われたが。調子っぱずれのそのぐあいが秘密の酒の肴で美味であった。そうなんだなあ、賢い秘密よ。「岩魚の歌」の詩編の一行はこうである。「こころざしただしく礼ある誘ない／川上は姓自体が河かみのヤマメ、イワナの類い／集会好

きの名人でそれが人選して廻し飲みに参いられ度候と／

そう、そう、それならばとフットこんな場面を思うことがある。話は飛躍するのだが、たとえば、かの朝鮮での三好達治の旅のお供のこと、そして「仏国寺」への道中の連れは、墳墓の傍らでの一献、旅のお供とおぼしき影のような則武三雄がそこに居なかったか、チビチビと二人、道中での一休み、ポケットウイスキーを飲みながらのお供であるそれ。達治の作品中の「路傍吟」の中、そして「冬の日」の傍ら、慶州仏国寺への旅とその徒然《つれづれ》に、読み進めては勝手にそんな思いが伺えて浸る。ひょっとしたらその傍らで飲む酒はウイスキーのような、そんな風景ではなかったろうか、を想像しながら『一点鐘』を開いてみる。詩の中の旅のこと、その気配のむこう側のことなどつらつらと。思うことはまた詩的経験のそれであろうか。達治の朝鮮旅行の最終は慶州であった。その地へ則武さんは恩師を迎えにいった。その地で三好達治と別れた。そんな名残り。「路傍吟」「冬の日」からの向こうに人の気配、という人生の一瞬と永遠を感じたりしている。

遠い昔、普段からダンディでお洒落な則武さんの背広の胸のポケットにはいつもウイスキーの小瓶が忍ばせてあったのを知っている。紅い絹のハンケチーフを胸に。心というポケットに名残を忍ばせて人はいつだって生きる。「人は、優しくなければ生きていけない。強くなければ生きている資格がない」はレイモンド・チャンドラー名作『長いお別れ』の私立探偵マーロウの台詞《せりふ》だったな。

則武さんの風が吹いている。

VII

詩歌の径、時雨の径の風景

旅・詩歌の径と時雨の径

車窓の景色を左にみて、北陸線の敦賀から南敦賀をぬける。山間に分け入るこの辺りから次第に晩秋が深く落ちこんでいて秋寂が深い雨の通り径になっている。木々をぬける風の通り径かも知れない。眼をこの山間から峡谷へ、その先の深い入江にとすべらせてやる。湖のこの北は今津である。京へ向う旅の入り口。気持ちの何処かでその名を口にしてそっと身構えるものがある。北陸の暗い地勢をめぐって、それは明るさへ羽を拡げて放たれる鳥のような思いへの旅の誘いでもある。車窓の左にこの風景が泳いでいく。湖面を静かに走っていったものの、波紋や風の音を連れて気配がそこを渡っていく。この湖の東の街道をかつて雨に追われて山頭火も歩いていった。

車窓の右手に比良山系をすべる風。すべる霧。山嶺《さんれい》をいそいで、俄雨《にわかあめ》がその風景の表情を曇らせてゆく。変わりやすい冬の素顔をすばやく整えて、めぐる自然にと心情を重ねる。湖面にまた山時雨が立っているようだ。あちらの峰に降らせた雲がこちらの側にも廻ってきている。短か雨の仕種《しぐさ》を騒いでいる山廻りの雨。

「時雨」という言葉には、いつからだろうか通りすぎてゆくものの人間の運命と悲哀とその無常観が沁みている命の匂いがある。その儚さゆえの心を濡らす霧のような態。謡曲『山姥《やまんば》』の哀愁。春は花、秋は月、冬に冴えかえってゆく寒さに時雨をさそい、起こす雪。その変幻する自然への畏怖がそんなにも見事に擬人化されていたその時々の雨。人は何処から来て何処に行くのだろう。

「時雨」と言えば冬を許す季語。初冬の上州伊香保での芭蕉の句がある。「初しぐれ猿も小蓑《みの》をほしげ也」。猿でなくても小蓑が欲しいような凍える日は心は更に寒い。心情句の裏にこそ旅する芭蕉のやるせない、隠されてある心の漂泊。連歌師飯尾宗祇の「世にふるもさらに時雨の宿りかな」。この世に暮らすという事は、ほんの一瞬の通り雨。すぎてゆく時雨の雨宿りのようなものだという、東洋的儒教的な諦念がここから読める。人生というみえない時雨に降られてゆく詩歌の中の一服の景色、がある。

水面に冬の鳥が漂っている。漂泊と時雨と旅の句読点として詩歌の世界に降る時雨。生涯を淋しい淋しいと過ごした種田山頭火。家を捨て妻子を捨て、故郷を捨てた人生。旅と酒と俳句に溺れた一行の人生「うしろ姿のしぐれてゆくか」の季節になった。「しぐるる土をふみしめてゆく」

もののけ姫と民俗学

「もののけ姫」は、絵でみる「民俗学」であった。森と人が争わずにすむ道はないのか、本当にもう止められないのだろうか。

この象徴的な問いかけが、この物語「もののけ姫」のテーマである。語り部アシタカの想いの木霊《こだま》。古代人はきつねや鳥の鳴き声に予兆を探り、収穫の祝いを祈り、それはまた天上界の神が動物となって、人間に幸福をもたらすものという考え方とどこか通じていたからである。神と人間と動物の三者が織りなすこの親和力の世界、それを自然界と置き換えてもいい、それが「民俗学」なのである。この親和力こそ「共生」なのである。

もののけは「物の怪」と書く。死霊や生霊などを崇ることとある。もののけとは、その声と身体を借りた精霊の化身なのだ。

森を守ること、森を拓《ひら》くこと、そして人が生きて行くこと。それを祈りとして「もののけ姫」のメッセージはある。

全編を通してもののけ姫のサンがおおかみの背に乗り、緑の森や山野を疾駆する姿はまさにこの化身、人獣交渉の、神人交渉の象徴的な場面《シーン》であった。おおかみ（山犬）は大神とも通ずる。それはまた、日本人の根にある農耕の民としての深い共感を呼ぶアニミズム（精霊崇拝）への懐かしさと宇宙観と世界観をそこに感じさせるものであった。

古代の近代化は、鉄、タタラの製法によって急速に展開された。十六世紀、室町後期、民衆の力は階級や制度の境界線を自由に超え、あいまいさを残したまま奔放な国家創造への発想へつながっていく、その美しい興奮。

歴史は引き返すことはない。建設と破壊、前に進む指導者エボシ御前。そしてサン、アシタカ。それぞれの精霊の化身。それらの間にあっての森の素振り、生き物たちの揺れ。宮崎駿監督の生と死に纏《まつ》わるこの壮大な歴史ドラマは、しかしどこか現代が抱える種々の問題と奇妙に符合するのである。

戦後の日本の物質文明の中にあって、文化は見えるものばかりに丁寧に「力」を注いできた。それは解《わか》るものとして、常に用意されてある答えであった。教育もまたしかりである。

夏の暑い一日、長蛇の列を前に彼らを劇場へ駆り立てたものは何なのであろう。

アニメーション「もののけ姫」には、明快な結論がなかった。が、見えないものに対する「不思議」があった。「恐れ」があった。解らないものに対する「いたわり」があった。無駄といわれる「間」が安らぎとしてあった。教育という文化の食卓にのぼらない、何かしら解らないものという優しい「メニュー」がそこにあった。

観《み》るという体験から始まった魂の贈り物。ともに感じる「民俗学」のそれが、その深さと共にそこにあった。不思議という見えない世界がそこに木霊としてあった。それが親和力という答えらしい。木霊は信じるという自分の心にいつまでも響く声であるから。長蛇を成す彼らこそ現代のもののけ、現代の木霊である。

雨、あじさい私想

うすくあけてゆく夜明けの、仄白《ほの》い障子に映る朝に溶けて雨音がまた激しく耳にすがる。風を澄ませばこの季節に雨が優しい。彩りを添える緑の眼の深さまで整えて、静謐《せいひつ》に還る黙した生命、一瞬のこの季の傍ではこの黙するものがさまざまに語りかけてくるようだ。

梅雨どきの低い雨を重ねて、私の内にこもってくるものが微熱する。艶を増し、冴える装飾花のひとつひとつ。たたずまいを湿らせて花木の暗闇の奥で、その花々がひっそりと伏せている叢立《むらだ》ち。あぢさゐは雨を呼ぶ花だ。いきいきと花色に雨を繋らせている。

『万葉集大成』（八）によれば古代にはアズサイと呼んでいたとあるが、アズ（集る）サアイ（真藍）の意味で、むらがり集う藍色のことをさすとある。一輪ではできぬ自我の想いのたけ、それゆえ藍の色は何処か寂しく悲しい。

一説によれば『万葉集』は橘諸兄が発意したとあると言うが、あぢさゐは万葉を代表する植物の一種でもあるのだ。『万葉集』中には、橘諸兄、大伴家持がこのあぢさゐについてうたった二首がある。

あぢさゐの八重咲く如く弥《や》つ代《よ》にを　いませわが背子見つつ偲《しの》ばむ　諸兄
言問わぬ木すら味《あじ》狭《さ》藍《い》諸《もろ》茅《ち》等《ら》が練《ねり》の村戸《むらと》にあざむかえけり　家持

諸兄はあぢさゐの花弁の重なりは、めでたいものとみた祝歌としているのに対し、家持は、あぢさゐは人をあざむく花木の怨歌としている。一つの花の中の二つの意味「祝歌」「怨歌」。あぢさゐは「両性花」で、その花の中に雄しべと雌しべを共有しているこの相反。人の心の嘘実を合わせて、美しい物の背後にある醜なるもの「七変化」とも呼ばれるこの花の、いみじくも人の心をも表している言い草、哀しさ。あぢさゐに寄せるこの想いの両極をたずさえ『万葉集』の中にうたわれた花は無論このがくあぢさゐをさしている。

雨音がまた激しく実る。そのしたたかな水勢を返す花木の意志、私に溢れる水の想い。日本古来の花であるこのあぢさゐの時の向こう側、古典和歌についに根付かなかった花、『源氏物語』『枕草子』にもついにうたわれる事のなかった花。さまざまな水に流され、長い歴史の雨期に咲いてきた花、あぢさゐ。

藍色の哀しみがいまもこの雨の美意識をひっそりと流れている。

Ⅷ

詩誌は詩人の家郷であるかの風景

「木立ち」と則武学校と雪間の詩人

五十二年十二月三十日（一九七七年）発行の「詩学」一月号に「雪間の詩人」と銘うって荒川洋治が広部英一論を書いているのでその一部を抜粋してみる。

「福井地方に於ける戦後詩にはきわだって個性的な展開がみられた。そして個性的な詩人たちの、良質な作品成果がみられた。それは、朝鮮から帰国し福井に流れついた則武三雄の存在によるところが大きいと思われる。広部、岡崎、南、そして川上明日夫という福井の若い詩人たちは、「いうなれば則武学校」の生徒として、則武氏のすずしい人柄と詩業をしたい、中央の詩誌叙述の及ばない一地方で、もくもくとみずからの詩的完成をみがいていったのである。」―中略―

中央のメディアに向かって始めて「則武学校」と呼んだのは荒川洋治のこの広部英一論からであった。第二回地球賞受賞にあたっての広部論の中での一節であった。そして今また「福井は文学の王国」であるとも氏の口から発せられている。その中核にはむろん「木立ち」の詩人たちの活動もあるわけである。

南信雄が「蟹への断章」というガリ版刷りの詩稿を持って図書館に日参していたのは一九六二年

から六三年にかけてであった。広部氏から逐一その話は聞いていた。私も又、図書館の則武氏や広部氏の処に日参していたからである、南個人からもこの詩稿を度々手渡されていた。北陸三県大学の芸術交歓祭での活動も、「野火」も私は目を通していた。そこには蟹へのひたむきさが嵐のように吹き荒れていたが、表現の技術の未熟さが目に痛く、その多くが直喩を駆使したものであった。私は「荒地」のモダニズムから入っていったから余計にそれが見えた。が否応もなく先行する詩徒の暴力的な刺激を受けざるを得なかった。南はこの時永遠のテーマである「海」を素材として発見していたのである。競うように図書館へ、広部氏の処へ日参した。福井に住んでいてそれは自然の気軽な日常の所作であった。南に遅れること二年余で私の詩集「哀が鮫のように」を北荘文庫から出版した。フランス装版の詩集であった。装丁はデザイナーの吉田小夜子（山路茜）であった。これで詩人と、はやる気持ちに揺れはなかった。

前年（一九六五年二月）福井新聞紙上で、加藤忠夫（ゆきのした）と広部英一の二人による紙上での「詩人の立場」という論争があった。加藤忠夫から広部英一へ、広部英一から加藤忠夫へと往復書簡のかたちで行われた。要約すると、「詩集は詩人の条件ではない」の加藤論に対して「詩集は書き手の刻印である」との詩人の人格と詩人論に発展するもので広部、加藤両氏の論の真っ向からの対立であった。詩集のない詩人をどう評価するのか。作品があってこその評価ではないのか。それは詩集を持ってこそ初めて為されることである。詩人としての肉体をもつことの意味の訳と作品をのみ持つことの精神の評価との意味の分かれ道となるものであった。

この論争はその後の福井県内詩人の文学活動に対して大きな影響を与えることになったことは言うまでもない。詩集をもたないで詩人なんてどう評価するのか、今更云うにかたくないものであった。この時期、福井県内には静かに文学的な高揚に満ちる土壌が実りとしてあった。いつものように喫茶店の片隅での話の中で同人詩誌が欲しいものですねの話題になったとき、同人は全員がやはり詩集を持っていなければ、あなたの詩集がでたらね、との信念に裏打ちされた論を広部氏が展開したのを覚えている。当時はもうこう云う話が日常茶飯事として私たちの周辺の関心事であった。前年に（一九六四年八月）思潮社から「蟹」を発行。颯爽と詩壇にデビュー、先行スタートしたその輝かしいたかまりは南信雄からもまた容易に受け取れた。

「哀が鮫のように」を北荘文庫から出版したのは一九六六年の十二月の始めであった。県民会館でのささやかな出版記念会はこの年の終わり十二月二十五日であった。則武氏を真ん中に左右に私の横に広部、南、岡崎と五人の映った写真がここにある。私と南は二十代、広部、岡崎は三十代、則武氏は五十代であった。詩集の奥付けには発行一九六七年一月一日北荘文庫とある。

翌年の一九六七年一月二十七日、二十八日と広部英一に誘われて「鴉の会」（第二回）に参加した。滋賀県彦根市の「やりや」という老舗旅館であった。ここのおかみは詩人の宇田良子さんである。湯煙の中で私は初めて詩人大野新に出あった。何故か福永武彦の「忘却の河」の主人公をふっと髣髴させるものがあった。私の詩的青春であったといまも思う。中村光行、筧槇二、中村隆、広部英一、岡崎純、南信雄、宇田良子等の詩人たちに出あった。「日本の何処かで頑固に自分の詩を書きつづけている人たち」そんな詩人に会おう。鴉の会はそんな志の会であったと思う。そしてそこには凛とした高さや深さや懐かしさが常にあった。福井にない外部の風が確かに吹いていた。さりげなく私をこの会に誘った広部氏の友情と心遣いをそこに感じた。詩人としての出発への花向けであったようだ。いまも私が詩人を考える時の原点には、この一年に一度の「鴉の会」がある。「木立ち」の四人の仲間と一緒に各地を旅しその土地土地で出会った詩人たち鴉たちとの交友の記憶が宝石のように輝いてある。詩は経験であるとのその積み上げた時間がある。その後の長い詩を書く来歴の中で出会った、石原武、宗昇、山本十四尾、三沢浩二、赤石信久、金子秀夫、秋園隆、金田国武、山田博、福田美鈴等の日本の詩史のなかで独自に自分の場所を持ち、輝いているこれらの詩人たちを忘れることはない。

「思いをこめてある詩人をさす。ひたむきに。しずかに。するとその人はくるものだ。かならず来る。まぼろしではない」。「鴉」創刊号にしるした大野新のおぼえがきである。いまは遥かに遠い懐かしさである。一九六六年二月、北陸芦原温泉で第一回の鴉の会が開かれた。鴉の会は中村光行、大野新、広部英一の三人の呼びかけで始まった。それに筧槇二、山本利男（十四尾）。関西、関東、北陸と各地から集った詩人たち、鴉たちであった。「木立ち」の持っている地域、風土という内部の眼に日本の風土という外部の詩の眼。「風景は一つの思想である。」の批評は、この「鴉の会」での集いの賜物でともに育んだ十年という歳月のその詩精神の無形の所産ではなかったろうか。

一九六八年、六月私達は「木立ち」を創刊した。「定住者の文学の確立」を、そしてその土地からしかできない発語を掲げて、敬愛する師則武三雄氏の庇護の下からの新しい詩表現という批評への船出であった。

第一次鴉の会は（一九七七年）昭和五十年二月、十年を一つの節目に当初の目的を果たしたとして神戸、須磨で解散した。

一号一会、「木立ち」は一〇〇号（二〇〇七年九月一〇号発行）を迎える。

「鴉の会」の10年　―「詩誌は詩人の家郷である」か

石原さんのお別れ会に行った。懐かしい顔にあった。筧槙二さんの奥様と「山脈」の鈴切幸子さん、「地球」の大石規子さん小林登茂子さん、「歴程」の浜江順子さんも渡辺めぐみさんもいたな、あぁ、菊田守さん久保木宗一、中原道夫、中村不二夫さん等も、望月苑巳さん、山本利男（十四尾）さん、それぞれが隔世の感のある久しぶりのお顔だ。梁瀬重雄さんは隣の席で川上さんお忙しそうですねと、写真を撮って頂いた、サンケイ新聞の「朝の詩」で時々お見掛けする名前だ。昔、秋谷豊さんの「地球」グループの小旅行の時に、20年も前か。三国の町を広部英一さんとご案内したな、その時以来の出会いだ。

お別れの会では、「鴉の会」のことが石原武さんの履歴に抜けていたので指摘させていただいた。現代詩が今より身近で深く傍らにあった１９６５～70年頃からの出会いである。１９６９年には安田講堂の陥落で東大闘争が終了をみた、そして中国の文化大革命、その余波が日本の世情を湧かせてかまびすしく煩いころであった。中国が湧いて暮れた時代か。文化大革命。新旧の価値観の激しい時代の衝突がそこでは繰り返し行われていた。

「鴉の会」は、1966年2月、雪深い北陸の福井、芦原温泉でその第一回が開かれた。中村光行、大野新、広部英一、山本利男、筧槇二、岡崎純、宗昇、中村隆、南信雄、等の出席をもって始まった。賛同者の一人三沢浩二は、当日、学生の受験期に当たりやむを得ずの欠席であった。

「鴉」1号（昭和42年2月発行）の詩誌の巻末の「おぼえがき」には、こう記されている。

「思いをこめてある詩人を指す。ひたむきに。しずかに。そしてまっている。するとその人は来るものだ。かならず来る。まぼろしではない」。大野新の「鴉」の会をはじめるに当たっての、思いと呼びかけの弁である。

京都駅前のパチンコ店界隈の木屋町の飲み屋で、幾度かの中村光行と大野新との詩への熱い交歓から始まった。2度3度とその話し合いはなされた。そしてこの思案に北陸の詩人広部英一が関東の筧槇二が呼応し「鴉」は始まった。それぞれが心にある詩人を思い描きそして声をかけようと。中村光行の推す筧槇二と中村隆、広部英一の推す岡崎純と南信雄、大野新の推す宗昇と山本利男と三沢浩二の面々であった。2月5日6日、1966年の雪国での思いの深い第1回であった。饒舌で初対面。しんしんと寡黙な言葉の雪も降っていた。何かと世情の騒がしい年の初めであった。1970年、2月、会の第2回は滋賀の彦根の老舗「やりや旅館」であった。近江の詩人宇田良子さんの宿での一泊で、そこで「鴉の会」は開かれた。風呂のなか、湯煙の向こうに初対面の大野新がいた。中村光行に筧槙二に出会った中村隆にも。私には未知の恐れさえ抱いていた初めての詩人達がそこにいた。酒を飲んでひと晩中、詩の話の詩論のあれこれがそこで続いた。翌日は米原の向こうへの散策、醒ヶ井の彫刻家の森哲荘さんのアトリエを訪ねての談笑、この日は琵琶湖で夕日がいちばん美しく沈むところだと大野新の案内で琵琶湖の夕日を見に行った。印象深いシーンであった。以下アトランダムに記憶をたどってみる。何といっても忘れられない記憶。「鴉の会」の第7回（1975）は、京都の岡崎の白河院であった。中江俊夫、佐々木幹郎もいたな、宮内憲夫も角田清文もいたらしい。京都の詩人たちも。この書院で後から来た中江俊夫の傍若無人さが、その振るまいが忘れられない。遅くやってきて大広間に大の字でゴロンと寝っ転がり、饅頭くれ、饅頭はないか、の大声、何だこの人は失礼なの思いが、それら問答無用の無作法さと行儀の悪さが、厭な奴へと一気にそれは憎悪へ駆け上がった。後は無残な醜態であったらしい。酒のなせる業、にしても人間の礼儀はないのか。潔癖感が高じた酔態の一波乱となったらしい。これら記憶の妙に懐かしい詳細の一部は、大野新の評論集『砂漠の椅子』（編集工房ノア）にある。朝の目覚め、小用のときに立った、隣の中村隆に諭された。明日夫、お前あのままだったら大変なことになってたぞ、と。今、思えば若気の至り、苦く懐かしい邂逅である。「鴉」は、それから、これも京都の会では天野忠さんを囲んだな。その時はお土産代わりに戴いた詩集『動物園の珍しい動物』。ぼそぼそと話すその小声の暗闇の向こうに詩人の等身大のそのままの詩の姿をみた。深い気配であった。心の片隅に今も忘れられない。天野忠の詩集を読んだ。いずれも大野新の行き届いた配慮であった。奈良での「鴉の会」は第5回目だったろうか、中村光行の行き届いた段取りで奈良の田舎の造り酒家、長谷寺の近くの小さな醸造屋のその二階の屋根裏部屋をのぞいた。酵母菌を外へ逃がさないためという密封された空間、屋根裏部屋での麹黴の匂い、咽せ、酔いながら見学させてもらった不思議空間、詩があったな、ここでの昼の冷やの酒がうまかった。詩の醗酵のようだったか。この奈良での会の東大寺の案内の時の鬼の逸話がいつまでも印象に深かった。中村光行は高名な鬼の研究家でもあった。なかでも東大寺の戒壇院での四天王立像の広目天、多聞天に踏まれている鬼の話で「邪鬼」の逸話がいつまでも脳裏に深い、いらい邪鬼のことが忘れられない。

詩人とは、この「人生という思いの生きてある邪気のようなものかも知れない」と、夜はこの先輩詩人群を囲んでの詩論と酒に浸った。中村光行主宰の「人間」同人の西京芳広、外村文象さんらの手配だったと思う。この会での金子秀夫の語る光晴の放浪の話も心に残る。彼は光晴には師事しており親近の間がらであったから。金子光晴を「とっつぁんとっつぁん」と呼び捨てにしていた近しさが耳に濃い。「洗面器」の詩の、「ゆれて、／傾いて、／疲れたこころに／いつまでもはなれえぬひびきよ。／／人の生のつづくかぎり／耳よ。おぬしは聴くべし。」か。そういえば信州の長野にも行ったな。「鴉の会」の第9回か、その信州の詩人秋園隆さん金田国武さんのお世話でこの地を訪ねた。「碌山美術館」に案内された。ロダンの薫陶をうけたという荻原碌山（守衛）の彫刻のその造形の世界にしばし茫然と見惚れて回った。沈黙はそれから北アルプス白馬山麓のここにも詩の陽射しが明るく深い闇を潜ませていた。見上げる常念の山脈《やまなみ》の眺望から青木湖へ、秋園隆さんの別荘での詩論の懇談ともてなし、この湖畔で一夜を詩を囲んで歓談し過ごした。忘れられない湖の匂いがあった。そういえば、熱海の梅園での「鴉の会」は何回目だったろう6回か、関東の筧槇二らの段取りで手配された。ここではじめて私は石原武その人に会ったな。梅の木の下での酒盛りは花に酔った。この会に広島から三沢浩二も駆けつけて見えた。話することはなかった。私の32歳の東京測専時代。花の下での詩の交歓がしばしば心を沸かした。懐かしい香りで時を満たした。

湘南、逗子の「鴉の会」の時には石原吉郎さんも見えたという、大野新の呼びかけであった。この時には雪国の福井から南信雄が長靴を履いてやって来たというエピソードが温かい。彼には『長靴の音』という詩集があるのだ。この時私は不参加であった。京都での「鴉の会」、ここには2回泊まっている。京都での天野忠さんのお話を伺ったその後の恒例の酒盛りの最中に、この会から抜け出し夜陰に紛れて、酔った赤石信久がどういうわけか京阪国道を岡山方面に向かいタクシーでひた走り、夜中に憮然と戻ってきたそんな記憶、訳の分からない酩酊談だが、紳士然とした赤石信久だからどこか愉快で記憶に深い。無駄がいい。上品な遊びがいい。

「鴉の会」10回は、神戸の中村隆のお手配。坂道のある西洋館のならぶ異国情緒の街並みから中華街へくりだし食事した。港もみた。船が流れていた。この会は中村隆の「輪」の同人の皆さんと詩友の皆さんのお手配であった。神戸では沢山の当地の詩人たちの姿も見えて納めの会に相応しい盛会となった。夜半、金子秀夫と抜け出して行った深夜のジャズ喫茶店が忘れられない。「ラウンド・アバウト・ミッドナイト」ソニー・ロリンズが深いソウルを奏でていた。そんなジャズの世代の名残りでもあったか。この地で「鴉の会」は10年をもって一期は終了、解散した。沢山の心に積もる「旅」をした。そのどれもに詩があったな。酒があった。悲喜があった。各地で詩に凍える時代の静謐で寡黙な詩人たちの生きざまに声に出会った。信頼を耕す文学に詩精神に出会った、いつでも真摯に出会えた。10年がたった。

いま思えば、不思議といえば不思議だが、この「鴉の会」では、ある人をさして誰もが「先生」と呼ぶことはなかった。いつでもどこでも凡ゆる制度や階級のそれら呼称に縛られることのない、そんな表現者の当たり前が「さん」であったから。そこには石原武さんを誰もが先生とは呼ぶことのない世界の、詩人石原武がいた、詩人としての自然な佇まいのそんなくつろいだ石原武さんだった。鴉だった。

この「鴉の会」で山本利男（十四尾）との記憶がうすい。南信雄から「墓地」という詩誌を貰った記憶がある。素朴な手触りの名も無い不器用さ、この朱の和紙の詩誌を見せられた驚き、紙と土と人の匂いのある作品集だった。手作りの味の詩がそこにあった。

１９７０〜１９８０年代、この時代の日本の現代詩の潮流、その外側にあって然もどのような真摯な詩の時代の状況を迎えていたのであろうか。60年代そして70年代、安保闘争の名残のあとの高度経済成長の時期へ日本の社会全体がその騒々しい渦中、ものの価値観の移動の時代であった。その只中にあってこの流れの外側にいる意味は。

1968年6月、私たちは、北陸、福井の地で「定住者文学の確立」を掲げて詩誌「木立ち」を創刊した。広部英一、南信雄、岡崎純、川上明日夫の4人である。地域に生きてその地からの発語と表現を、それらを自らの詩精神で耕していく「志」を同じくして。この4人はまた詩人三好達治の弟子である則武三雄《のりたけかずお》の薫陶を受けた則武門下生であった。荒川洋治も愛弟子のその一人である。福井の戦後モダニズムはこの則武三雄から始まったといっていい。その風土が育んだ「木立ち」は、ふくい抒情派・北陸、木立ち抒情派とも命名されて現在《いま》にある。それが「木立ち」のプライドである。広部英一がよく口にしていた「地方こそが中央である」、の価値意識、その真のオリジンのそれを訪ねて。先年「木立ち」は130号、50周年を迎えた。

1970年代、激しい時代の傍で、その只中にあって、中央へ中央へと当然のように価値が中央志向の偏重の時代であったことはいうまでもない。今はどうか。この普遍的な「問い」は現在も変わらない。それゆえに、地方や地域という時代の流れの外側にあって営々と静かで強靭な詩精神、文学のある真摯な詩の声は耕され生きているのである。「地方こそ中央である」の価値観、いいかえれば「オリジナリティ」は地方にこそある、の存在意義、その詩意識をこそ「木立ち」は掲げての出発であった。自負である。地方で生きて書く詩人の「志」でもあった。

「鴉の会」、の呼びかけは丁度そういう時期であった。地域にいて自分の詩を書く意義、実のある生き方、詩人たちの呼応に意を同じくした「志」を感じる集まりであったからである。

奈良の中村光行、京都の大野新、北陸の広部英一、関東の筧槙二が呼応した。岡山の三沢浩二もそうである。その創刊号の「鴉」の大野新の「おぼえがき」こそが、さきの「鴉の会」へのその鮮烈な述懐であろうか、マニフェストとなった。のちに中村光行はその私信でこう請けている。「鴉」にもいろいろあるが、ダイナミックなヴァン・ゴッホの鴉群というのもあったな、とその由来に思いをはせている。以て瞑すべしである。

閑話休題。

筧槙二に出会ったのは作品「秋の翳」であった。「鴉」の奈良の会であったように思う。男が一人アパートの一室で玉葱を刻んでいる。一心に。包丁には夕日が映えて、部屋の地平に泌みてゆく。音を刻む一瞬の心の闇にも醸していた傷み。そんな一秋の夕日の翳が忘れられない。さりげなさが手練れであった。淋しさが心の岸辺に寄せてくるひたすらな愛憐があった。

その日は、私は越前の蟹（せいこ蟹）を数はい手土産にこの会に出た。それを食みながらの詩と論と酒の会であった。蟹の甲羅の紅さと夕日の紅さとがダブルイメージされて、そこに人であることの寂寥が醸されていた。

「地方で頑固に自分の詩を書き続けている人、こういう人たちには何とも言えぬよさがある。あって飲むだけでは惜しいということと、お互いの紹介がてら、詩稿をあつめたのだが、私自身にも未知・未見の人たちの作品のみずみずしさに一驚した。現代詩の代表的な担い手と目されている人たちにはないものである。疲れていないのである。」とその弁にある。日本の何処かで生きて詩を書いているひとの不思議にふれようとする便宜である、「そのためには人間の間にある結束よりも各人の孤独の方が光彩をおびる傾きがあろう。」大野新の発刊にあたっての所感である。

「鴉」は10年を1期（1976年）に当初の約束を了えて解散した。「口語の時代は寒い」とこの年、1976年『水駅』で荒川洋治が第26回のH氏賞を受賞した。

いまも「詩誌は詩人の家郷である」の石原武の言葉が心に深く、私の詩春期を耕している。（敬称略）

＊思いが、記憶が錯綜していて、種々のご迷惑はもとより承知の上です、どうかご容赦下さい。

Ⅸ　一人の風景・旅する風景

追悼　旅する詩人　長谷川龍生

2001年、秋、旅をした。鮎川信夫の故郷の石徹白村へ長谷川龍生をお誘いした。私の車で。友人の詩人二人と四人で。石徹村から油坂峠を越えて福井県へ。鮎川信夫の従弟が経営していた大野の上打波村にある「鳩が湯温泉」で一泊して福井から帰京された。鮎川信夫の故郷を是非一度見てみたいものだと切望されていたからであった。でお連れしたのである。遠い懐かしい一瞬。

2002年の年賀にこうあった。「昨年はいろいろありがとう忘れられない旅の日程でした。春になったら十津川の方面の旅の計画をおしらせします。ことしもお元気で、小生の詩集を小田久郎さんが出してくれます」。

4月に出版された詩集『立眠』（思潮社）のことであった。2006年の年賀には、金沢での講演について「室生犀星と重治のことを踏まえて日本の現代詩の未来を占います。これは自信があるので小野十の「短歌的抒情の否定」をこえるでしょう。つまり抒情の抗菌としての秘密です。あなたにはお世話になった。ではまた」。2008年、新春、「小正月です。福井平野から若狭の方まで想像してます。ことしは、できるだけ旅をしたいと思ってますが占いでは旅に気を付けろ、と出ました。ことしは川上明日夫の達成感を持つ時です。さらに元気で健康を」。そんな懐かしい私信を手もとに見返している。

もう、この地上におられないお方の、おおきな吐息を聴いたようだ。いつか俳人山頭火の「旅」について大阪文学学校で講話されたことがあった。心が旅を誘ってやまないものとは、と、溢るる詩人の定住と漂流とは、一瞬と永遠とは。束の間でも。

私は一刻の旅のお供ができたことその幸運を想う。見えるもの見えないもの、虚実皮膜の精神の旅、詩人には常に乞うてやまないものが漠としてあるんだと、心の途方を語られた、その占うゆくえを聴いたようであった。そのとき私は師淑したのだ。「この旅はてない旅のつくつくぼうし」、現代の山頭火、長谷川龍生、そのお人を想う。『立眠』とは、終わりなき旅の最中に訪れる束の間の眠りをいう、と。

わたしは常に一篇一篇の詩を大切に殺すように味わって読むのです」と。師よ、その声がいまも耳の草叢で呼霊がしています。いつでも旅発てる詩人の立眠です。安らいで下さい。

合掌

私にとっての長谷川龍生とは

大阪文学学校は、空堀通りにある。大阪城の外堀を埋めた跡地で、商店街の周辺には常に人声が賑やかに湧いている。通りから外れた裏路地に「直木三十五文学記念館」もひっそりとあって閑静な風情を醸している。赤提灯も夜にはあって。文学の新しさと古さの混交するそんな人科のあつまる場所にある。

1999年10月16日、日本現代詩人会・西日本ゼミナール「明日への架橋」が神戸で開催され、この会場で私は、詩「白雨」を朗読した。会場には宗左近、杉山平一、片岡文雄、金丸枡一、三井葉子、長谷川龍生、安水稔和、地方でも名の知られている詩人たちがそれこそ熱くそこに湧いていた。その年の春に小さな「詩人賞」を戴いた。その賞金が入学金、私は「大阪文学学校」に秋期入校したのである。会場で日高てる、長谷川龍生に紹介された。2001年に長谷川龍生がこの文学学校の校長に就任、本物の詩人がきたことに私は興奮した。以来2013年の退職まで詩人の呼気や喚起を身近に感じることのできる豊穣に酔った。機会あるその度（旅）に、身近に同道できた幸運に感謝している。

谷町六丁目にある文学学校の近くには「居酒屋すかんぽ」があり、ここは詩人金時鐘の親戚がやっておられる気楽さもあり、講義が済んだ後はよく通った。散文家や詩人の卵、評論家の卵とうとう学生達がよく集い飲食を共にした。

「この店の階段は超自我である」。この薄暗く淀んだ急峻で深い階段の彼方に在るものそれを幽冥界と言おうか、そう呼べるなら。この階段をついに登らずして立ち去ったものも少なくないと聞く。程よく酔い意気軒高と上るが、程よく酩酊して、さてと見下ろす下界の気の遠くなるような深い急峻さ、ついにはこの地を見ることもなく立ち去った者も多々いたと聞く。ここは文学の「黄泉平坂」であると私は心密かに思った。地上界と天上界を繋ぐ一本の道、文学の道であるとそう私は思った。物と事、異界人たちの出入り口であるなと、そう思った。

ある時の何かの話の折りだった。わたしの傍らには盟友、詩人の万年青一もかしこまっていたか。私の詩法はね川上さん、それは「シュールドキュメント」なのですよと。さまざまな映像の実験的手法で現代をどう表現するか、その手段として関心を呼ぶ限りの好奇心の権化のような表現者、詩人のそれ。『パウロウの鶴』の「ケーブルカーのなか」か「瞠視感」か『泉という駅』の「吊り橋」か「冬虫夏草」か、はたまた『詩的生活』の「野に咲く花ノート」の一節だったか、それとも『長谷川龍生詩集』(現代詩文庫)にあったかの、思い出すような声であった。「本当はわたしはこれ以上、詩人とは付きあいたくはないのですよ」の遠い声、その真意は。ポツンと喧騒の中でのそれこそ一言。

世界の名残のように。年月を経た今でも遂にその答えは届かず。ただこの急峻な階段の上の天上界、その戦後という一瞬の中有から私の詩神はもう永遠に降りてこられない。今もこだま（呼霊）のように耳に残る声。「私は一篇の詩を丁寧に殺すように読む」。

合掌

日高てるへのオマージュ　「花は首をまわし」のための考察

詩集『今晩は美味しゅうざいます』の中にある私の好きな一篇の詩である。読んでいて、そう読み回していていてつくづく思う、歌を、詩を唱えるとはどういうことであろうかと。能の舞台のうえのシテとワキを乞うツレのように、そこで舞い朗読している日高さんの姿が浮かぶよう、見えてくるように思い浮かべられる。この一篇の詩はそれが似合う。作品の向こう側で心を慎んで声を堪えているような朗読であり舞いである。波があり風を起こして日高さんは詩の朗読を沈黙のアクションのよう、パントマイムして言葉を演じ景色を演じそこに浮かべてみせる。朗読は言葉のアクション舞踏である。歌い踊り黙して語る言葉の身体性をそこに観せる手法。

暗闇のむこうから現れておもむろに、「花は首をまわして」と冒頭からおどろおどろしく詩へ立ち入ってゆく。言葉の意味をつれての仮初で。タイトルポエムがこの詩のすべてであろう。おもむろにおどろおどろしく花の首である。首の動作が見える。頭上から光が当てられそこだけスポットされる、暗い会場の一隅からの眺め、みえない入り口がある。そこに日高さんがいる。

花は首《こうべ》をまわし

水が曲がる。

夏のおわりに空気の層にもたれて右回りに匂いはじめる

と暗闇を背におどろおどろしく能の舞台よろしく傅《かしず》かせて祝詞のように日高さんの朗読が始まる。続いてゆくのである。導入部の呪術と呪詛で充分に潤ってはいる、の誘惑に満ち溢れて誘い人が入ってくる。聴衆の人いきれ、や吐息の向こう側へ入ってゆくのであろう。個の呪術が微かな気配の妖かし、といっていいか、それだけでもう充分にこの朗読の詩空間が詩的世界が聴衆を抱きしめてゆき一体となって舞っていく。巫女のように呪文を唱えて身振り手振り音もなく、声が影が揺れうごいてゆくのである。読み手は聞き手はそれから己に入る、でいい。

「花は首をまわし」ともに言葉の「間」のあやかし、呪術をおどろおどろしく酩酊すればいい。これはそういう浸り浸して醸す作品である。能の妖かしをかりて「碧の気のほてりを私におくり届けようと」……このいかようにも尚もめぐる気の妖し。その言葉をまとい、この詩編の動きはあくまで、そのさまを追いかけ積みかさねて行くのである。イメージの増幅に想いをゆだねてゆけばいい。どこか「謡曲」のたしなみをも現代詩の世界へ広げての試みの知覚をそこに見せて、地の果てタクラマカン砂漠の茫洋としたその一瞬と永遠のイメージを即興で湿らせ膨らませてゆく。その怪しささえ飛躍を醸しての風景と風土的なもの。日高さんには湿りのある珍しい旅する作品、奈良大和郡山《やまとこおりやま》、高田市土庫《つちくら》北方へのそれである。行方へのしとど、あはれである。大きな声でなく小さく密やかに聞こえての儚さの「道行」をそこにみる要であった。「もののあはれ」がみえるなと、ふっと、風を思った。

「花は首をまわし」この20行余の、この散文詩風の呼気と喚起の世界が私は好きである。忘れられない一人舞台。詩を演ずるものはいつだって孤高の日高てるという隠者である。

空気は妖しに匂い満ちて右に右に回旋する。その朗読が一人の日高さんをつれ世界を高く低く舞っている。「花は首をまわし」と、そこに苦悶する美を見ることはできないであろうか。

日高さんこそが現代の隠者文学の生命派、そうはいえないか。そういいたい。そこに陰の生命と自らのありようの問と答えのそれを訊ね響かせて舞う。その表現の呼霊《こだま》のようなものらがしきりに感じられてしょうがない。花は首をまわしてと。2020年3月9日老衰のため永眠。合掌。

X　あまねく旅する風景　その他の風景

詩を地方で生きる意味　―わたしと「現代詩手帖」―

鮎川信夫の詩碑の序幕式があった岐阜県大野郡石徹白村は鮎川信夫の故郷である。父方の家、上村家がある。その家の敷地に詩碑が建てられるというので、従弟の森嶋康哉さんからの案内の電話を戴いた。鮎川信夫に会ったのもこの方の紹介であった。霙まじりの凍える日であった。詩碑には晩年の「山を想う」が刻まれてあった。

「星の決まっているものは　ふりむかぬ」そんな遠い声、も。

東京からは思潮社の社主小田久郎さん、牟礼慶子さんご夫妻、松田幸雄さんご夫妻、疋田勘吉さん、それに手帖編集部の方々であった。地元の鮎川信夫研究会の方々も。福井から詩人の広部英一氏を誘った。玄関の向こうの庭先に詩碑「山を想う」が白い布で覆われて建っていた。1995年、平成7年11月4日であった。ちらほら小雪もかるく舞っていた。「いつかきみが帰るところは／そこにしかない」……。

詩碑は黙してそこにあった。小林ご夫妻が私費で建てられた。鮎川信夫の作品中にでる「ねえさん」のモデル、その人であると伺った。

母屋の続きに戦後「荒地」の出発のための「Xへの献示」を綴ったという、あの土蔵もあった。むき出しの土壁の色の明るさが深くこの地に心の戦後とは、という色合いで記憶に残っている。

詩集『夕陽魂』を2004年に思潮社で出版して戴いた。社主の小田さんの激励が耳に痛い。美しい夕陽こそが時代の黎明のように忘れられない。夕陽は輝いて沈む、黙して語るための漂流と定住、消滅と再生、生と死がテーマであった。この詩集で第16回の「富田砕花賞」を戴いた。幸運であった。

広部英一が死去（平成16年5月）して1年。10月であった。その連絡は人を介した電話の声を聴くような遠さだった。広部英一の詩碑建立の前日で、除幕式の準備の最中であった。

平成17年11月である。夕闇が迫っていた。なにか予感めいた思いが濃くあって驚いた。忘れられない記憶である。2014年『広部英一全詩集』を思潮社から出版できたことは何よりの供養であった。この詩人を知ることは、北陸抒情派、ふくい抒情派、と銘される「木立ち」に代表されるところの福井県の文学風土の一端を、また北陸地方で詩を生きる文学者の精神風土をも、その一端をもその共通の認識事項として識ることに他ならない。地方で文学とは、を生きる意味をである。

そういえば『現代詩文庫　広部英一詩集』（2008年8月刊）、北陸在住の詩人で初めてこの文庫に入ったのも広部英一であった。喜びを隠しもった詩人であることの自負、その顔を今も忘れられない。とても嬉しそうであった。「志」を持てと。いいな、密に思った。詩人がいた。

2013年に、詩集『往還草』で、私は第6回「更科源蔵文学賞」を戴いた。北海道の弟子屈へ。北の果ての国の厳しさに生きる、然し温かい寡黙な人格のある街であった。街あげての賞の授与式は生涯忘れられない。心に響く歓迎の会であった。詩があった。この地域の全域の小中学校生による、詩人で博物学者の更科源蔵の作詞によるそれぞれの校歌斉唱であった。それこそが何よりの地域挙げての歓迎のお祝いの会であった。温もりのある心に響く嬉しい賞であった。思潮社あってこそである。いい詩集を作って戴いた、何時だって私のテーマは一貫している。育ててもらった。編集者に育てられたの思いが深い。

幾つもの時代という経験と詩の認識を超えて、「地方」で詩を生きることの真のオリジナリティのそれこそが人間の出会いへの感謝である。同時代を生きる、そうではなかろうか、そうである。何気ない文学のクオリティのそのことをシンと教えられた。「詩は常に純粋で新鮮な嘘で在《あ》れ」。その詩的営為と詩的空間への見えない旅のそれを、いま考える。「詩は志である」を連れて。

「詩を地方で生きる」とは、そのエネルギーの再生産、現代詩はいつでも時代が連れそってそこにある言葉の貌、思潮社へ、手帖へのそんな思いの眺めこそが、こうしてただ感謝である。それが深い。今日の時代はこそと声を荒げなくとも、「抒情」は常に生活という詩的表現の中心に生きてある不偏の批評であると思っている。そう自然への感謝の念の声を持ってこその真の膨らみ、それこそが批評という抒情を蓄えるものでは無いであろうか。「詩集は詩人の遺言書である」と。

「原野というものは、何の変化もない至極平凡な風景である。私はそこで育った」更科源蔵の言葉は深い。耕してこそ実る現代の荒野、それこそはまた精神の原野ではなかろうか。現代は荒地である。弟子屈は遙かの名残のある街であった。地方がとても深かった。10年たった。詩は経験である。

たとえて花を持った人に

そんなにも明るい紅色にほどけて、その花びらの一片一片《ひとひらひとひら》が記憶の意識のどこかに張りついていたのだろうか。この年の瀬の一瞬《つかのま》に山茶花への怠惰な記憶の一端としてある意外な景色への風情。明けて新しい年に入った北陸の地には、いま深深と予感と予兆を超える雪が降りついでいる。まるであの毒々しい紅の色に盛られた季節の悲鳴のように。それは成熟した色ではあったが。白地の滴る世界との一対の対照にはまだ添える予知予兆のような力。それ等を今更のように白く添え、白く塗布してゆくのである。花色のそれら一片一片に。

庭の生垣に頭を重く垂れ雪を被っている山茶花の群れ。透明な寒気を連れた凛としたこの景色を私は好きだ。降りつむ雪の深深としてある無声。この地の寒さはこの降りつむ雪の舞、雪の終《つい》にある。そしてこの前後を寡黙に凍える。北陸の寒さには常に或る種の「湿り」がある。それは古里への気持に懐しい潤いを定着させる創造力の花びらのように、あたり一面を静かに染めていくのである。

ここ、数年の暖冬に慣れきった今も、この地の人間の感性は変わる事はないと思う。しっとりとこの雪の「湿り」に身を任せていると、風土や土着の一話にくくられるほどよい生命の身のこなしをひしひしと感じるのは私だけではないだろう。

山茶花は晩秋から冬に咲く数すくない花種、常緑小高木で原産は日本である。

荒涼とした冬の一服である。風渡り、雪降りつむ北陸の地の静謐にそれこそ深深とその白い雪の腕に咲いている。この花はしたたかに剛い。椿に似ているが繊細で微妙な季節の移り香に実りをほどき視るものの感性に深く訴えてくる「わび」や「さび」の交情はそして冬という一幕をもっていっきに雪崩てくるのだ。村野四郎の詩集『実在の岸辺』（一九五二・十二刊）の中の一篇にある、

くらい鉄の塀が
何処までもつづいていたが
ひとところ狭い空隙《すきま》があいていた
そこから　誰か
出て行ったやつがあるらしい。

そのあたりに
たくさんの花がこぼれている

（花を持った人）

花を持った人、というこの花は何の花だろう。心中ひそかに私はこの花は、山茶花だと思う。

一夜来の激しい風が渡った後の思いのたけのように、音もなく無数の花びらが雪の面にこぼれている。椿と異なり花首からは落ちないで身をもむように山茶花は一片一片、花弁を散らす。その身すぎ世すぎ、にいま私の想いのたけが紅色にひっそりと降りつむ。

初出一覧

Ⅰ　旅と珈琲のある風景
コーヒー巡り年初め　けさの随想　現代詩文庫転載　福井新聞
秋草と駅　映画を浴びて　現代詩文庫転載　福井映画サークル誌
餘部駅から　映画を浴びて　映画サークル
映画という魔を旅する　映画を浴びて　映画サークル
詩のある魂の島　現代詩文庫　詩人懇話会会報
詩・旅・せせらぎ　映画を浴びて　映画サークル
一杯のコーヒー譚　「けさの随想」福井新聞

Ⅱ　自作をめぐる風景
狐川の四季　現代詩文庫転載　福井新聞
冬、草々　映画を浴びて　映画サークル
さくらと詩と映画と　映画を浴びて　映画サークル

Ⅲ　鮎川信夫のいた風景
詩人と煙草（鮎川信夫とセブンスター改題）　日刊県民福井

鮎川信夫詩集『宿恋行』から　現代詩文庫　サンケイ新聞
早春、梅の小枝　四季の風　現代詩文庫　福井新聞
わたし一人の〈ほととぎす忌〉　ふくい文化　サンケイ新聞
翻訳家の顔・詩人の顔　リレーエッセイ　けさの随想　福井新聞
紫煙つれづれ　リレー　けさの随想　福井新聞
「彼我考」に吹いた風　風・一篇の詩に吹いて　1969・8「芸術生活」8月号

Ⅳ　広部英一のいた風景

詩人の遠出　「四季の風」　福井新聞
草上、空の人（広部英一追悼）　現代詩文庫「四季の風」　福井新聞
露草まで　「四季の風」　福井新聞

Ⅴ　花と人と草のある風景　「四季の風」　2006〜2008福井新聞連載

心の足元に静かに香る「侘助」　「四季の風」　福井新聞
面影草　「四季の風」　福井新聞
彼岸花　現代詩文庫に転載　「四季の風」　福井新聞
柊の花　現代詩文庫に転載　「四季の風」　福井新聞
なずなの花　現代詩文庫に転載　「四季の風」　福井新聞

卯の花くだし	現代詩文庫に転載　「四季の風」　福井新聞
夏草	「四季の風」　福井新聞
萩の寺、心の隣	「四季の風」　福井新聞
時雨と薄	「四季の風」　福井新聞
かへる（帰・鹿蒜）村へ	「四季の風」　福井新聞

Ⅵ

則武三雄のいた風景	
詩人、則武三雄と白石	2010・6「歴程」570号
朝鮮皿と色紙と	書き下ろし
私の「旅の精神師」則武三雄　追悼	
「旅」へ	書き下ろし
則武三雄さんとお酒の風景	書き下ろし

Ⅶ

詩歌の径　時雨の径の風景	
旅・詩歌の径と時雨の径	ふくい文化　産経新聞　福井文化
もののけ姫と民俗学	ふくい春秋　日刊福井　1997・8・2
雨、あじさい私想	文化欄　読売新聞　1998・8・2

あとがき

狐川に朝から時雨が来ている。早く帰ればいいのに、と思うのだが、いつまでもぐずぐずしている。岸辺は靄っていて、あたりの景色がみえない、それも好都合である。この川の、岸辺の水の流れにも覆い隠すものが、まだあるというのであろうか。ただ芒の原のかわいた色の向こう、見えるものはとても辛い、見えないものはとても優しい。仕草が目覚めないでいるそんな眠ったような河原には、無数の生と死がひっそり隠されて息づいているのであろうか。だろうきっと。水の音の向こう、目の端に流れてゆくもののそれを聴き、流れてゆかないものの理由などを訊ねてやる。旅とは心してそんなものなのであろう。山頭火の「鉄鉢の中にもあられ」は、そんな無心の音を分け入るようで、響がありとても痛い。耳の草叢でそっと聴いてやる音色かも。心を覆う景色のまとい方や生き方が所作として、そこに伺えて人生の愛隣のそれがとても深い。時雨のつぎに雪がきてうっすらと染めてゆく束の間。白く塗りつぶして行く。風景。

＊何ごともまねき果てたるすすき哉　　　芭蕉

川はたくさんのこの世の理を包んでは慎んでは、流れているようだ。何ごともなく流れる四角四面のこの世の理を、風呂敷のようにひろげては見知らぬ彼方へと岸辺のさやけへと、私を拡げてゆく。雪になった。白い色の詩を書いてみたい。

窓辺に一杯の珈琲が香っている風景である。眺めは旅である。

川上明日夫（かわかみ あすお）

1940年 旧満州国 間島省延吉市生まれ　福井市在住
詩誌「木立ち」同人・「歴程」同人

主な詩集
『蜻蛉座』1999年（土曜美術社出版販売）第49回H氏賞候補・第39回中日詩賞
『アンソロジー現代詩の10人　川上明日夫』2001年（土曜美術社出版販売）
『夕陽魂』2004年（思潮社）第16回富田砕花賞
現代詩文庫『川上明日夫詩集』2011年（思潮社）
『往還草』2012年（思潮社）第6回更科源蔵文学賞
『草霊譚』2014年（澪標）
『白骨草』2017年（編集工房ノア）
『無人駅』2019年（思潮社）
『空耳のうしろ』2021年（山吹文庫）
『肴のきもち』2021年（山吹文庫）第17回日本詩歌句随筆評論大賞 特別賞

所属・団体
日本文藝家協会・日本詩人クラブ・日本現代詩人会・福井県ふるさと詩人クラブ　会員
日本現代詩歌文学館評議委員
大阪文学学校 講師

現住所　〒918-8055　福井県福井市若杉町28号28番地の5

旅・一杯のコーヒー風景から

二〇二一年十月一日発行

著　者　川上明日夫
発行者　松村信人
発行所　澪　標《みおつくし》
大阪市中央区内平野町二 - 三 - 十一 - 二〇二
TEL　〇六 - 六九四四 - 〇八六九
FAX　〇六 - 六九四四 - 〇六〇〇
振替　〇〇九七〇 - 三 - 七二五〇六
印刷製本　亜細亜印刷株式会社
DTP　山響堂 pro.